U0130918

啞謎道場之

香夢長圓

蔣曉雲

目錄

輯二 人在台北

輯三　兩岸風情

輯四　坐家隨筆

代序

文章自得方為貴

還是台灣小姑娘的時候，我懵懵懂懂嘻嘻哈哈長大，調皮貪玩，抱怨和同學相較，家裡管得太嚴；連續得獎成了前途被看好的青年作家以後，更羨慕朱家文友有開通的作家爸媽支援女兒的文學志業。只從來沒有想過，自己也算是被父母「栽培」過的孩子。

我從小參加作文、演講、朗誦比賽，課外活動充當朝會司儀、致詞代表、晚會主持也是常事。彼時台灣升學壓力大，學生家長多要求孩子心無旁騖，專心課業，我家父母卻對女兒有機會「見世面」不吝支持。尤其是自認因戰亂離鄉失財失勢「下臺」的父親，看到小女兒「上臺」，更是事前教戰，事後叫好，熱心非常。這樣養成，難怪在青年時代寫作得獎出席表揚大會，主辦方臨時要我上臺致詞，向官方或者報社答禮，都輕鬆交得了差。現在想想，幾十年前在一群靦腆的文學青年當中，我看起來可能很另類。

我的素人，也是俗人，父母有兩次用看小孩出風頭的心情，出席當時開風氣之先，盛大舉辦的《聯合報》小說獎頒獎典禮，他們對掛著貴賓證、文名赫赫的老中青三代文學家，統統有眼不識。在座只有三毛女士算我媽心中的大作家。即使如此，我媽她老人家全程也沒有上前道聲仰慕，卻跟我竊竊私語發表對三毛眼妝的高見。回家途中，二老自我感覺良好得像家長參加了小學遊藝會，發現列舞跳錯邊或演戲忘臺詞的不是自家孩子，當我的面交讚女兒「拿得出去」。我老媽看重儀態風度，說：「女孩子就是要穿著得體，落落大方。」我老爸則強調口齒清晰，說：「上臺說話要看場合、講重點。」至於「文學成就」則顯然不是他們關注的焦點。幸好那時有多位文壇前輩無私的鼓勵和提攜，我才能在家裡人只會「打岔」的情形下，持續數年發展對寫作的志趣。

生前對我愛護提攜的朱西甯先生推崇張愛玲女士，盛讚她寫作能「天道無親」。我這後學聽見只是苦笑。我等俗人，何敢望「祖師奶奶」項背？在我當年的創作環境裡，能近身的「讀者」，無論父母手足師友，無不拿著放大鏡在我編的小說裡尋人，蛛絲馬跡都不放過。我有一次違背取材遠離個人生活圈的原則，即使仍屬創作，最終果然嘗到苦果。

一九七九年夏天，我寫了〈姻緣路〉，得到台灣第一屆中篇小說獎，卻也失去了一位好朋友。這以後，我就逐漸封筆，終至斷絕。煮字不能療饑，還時不時的有閒言碎語飄進耳朵，最後還弄到好友誤會淡交。「作家」這個職業真不是普通人做得來的。那時候我覺得天地之大，何事不可為？哪裡不能去？只有「作家」這行，算已經嘗試過了，「否來事」，還是趁著年輕，趕緊去找點父母親認可的「正經」行當做做。

那年除了得獎，生活上也有種種不如意，算是我小姑娘時期的人生低潮。好友的冷淡讓我的冤枉無處申訴。當時我以為小說屬虛構，就算有幾成事實也深藏在編出來的故事裡，隱匿不彰。情節發展之間哪怕確實借用了一些朋友之間的私語，可是她講我聽，知情者寡，曲筆寫出只增加了特定讀者讀小說時的趣味性，並不涉及暴露隱私的危險。可是我忽略了讀者對熟識的作者，對號入座是有預設心理的；作者可以決定筆下的人物怎麼說怎麼想，現實生活中，週邊人的想法卻不是作者說了可以算的。

被珍惜的友人認為我的友誼之中藏有玄機，甚至覺得被出賣，讓年輕的我沮喪到對寫作失去了熱忱。到美國以後結交了新朋友，我絕口不提自己在台灣的寫作經歷，如果稱呼洋名的朋友和知道底細的老朋友沒有交集，就到現在也不知道我曾經有過的「文學生涯」。幾十年來，我對作家這個身份一直很敏感，甚至避諱提起。事實證明並非多慮。就在我退休之前，亟思「復出」之際，一次僑居地華人家庭聚會中，一位自稱年輕時寫詩的台灣客人聽別人說起我曾寫作，特別過來攀談，發現原來是當年聽過的名字，就開玩笑對眾宣稱：「原來是大作家！以後我們在她旁邊講話要小心了，不然她就會把你寫出來！」

我不知道他的詩是哪樣寫出來的？不過作者不是記者，寫小說不是報新聞，何況即使是新聞，也不是事事人人都有傳播價值。進一步想，虛構的小說隱含作者夫子自道的人生觀，要比新聞只反映偏離常軌的人生片斷複雜許多，而且文學是良心產業，隨便道聽途說一件傳奇不就能激發創作靈感。

哪怕我以為自己經過了一些風浪，臉上除了歲月滄桑，心裡也較之三十年前更篤定自信，可是聽見初識者的閒話，還是微微感覺不悅。驚覺當年讓台灣小姑娘從文學道路上退縮的「俗而有力」終將再現，除非永遠躲在「洞中」當我大夢不醒的老華僑，塵封的鈍筆一旦再見天日，就意味著又有憂讒畏譏的時刻到來。

要不要繼續寫呢？「復出」以後有時會問自己。我曾以為父母仙逝之後，就諸法皆空，能像當年小友天文和天心那樣有一個百無禁忌、獨尊文藝的創作環境。然而原來人生的牽絆早就深植心腦，從我媽堅持在女兒的馬尾上綁個蝴蝶結才能上臺表演開始，我就已經接受父母的「栽培」，走向今日之「我」。花了三十年，從只敢編織虛無飄渺的小說，到有勇撰寫抒情紀實的散文，今日還厚顏結集成冊，也算作者破繭而出，自我成長。文章自得方為貴，好與不好，或藏或露，展覽肚臍還打啞謎也算一己風格，從俯仰有愧到能「建我的道場，訴我的衷腸」，光陰也就沒有虛擲；遮遮掩掩幾十年的作者總算是肯向讀者「交心」了。如果讀者感覺文章果然有趣，作者就不擔心啞謎難解。世事難得洞明，選擇不參「天道」，只為我看人間處處是「親」。

二〇一二年五月十三日

一 情之為物

香夢長圓

我的父母都已離世多年。他們的前半生遭遇日本侵華，後半生碰上國共內戰，中間勉強能算太平的幾年，他們勤奮努力兼之機緣巧遇，達到了自己人生的高峰期。我哥哥大我很多，對他們在老家風生水起的輝煌既有幸參與也都還復記憶。十五年前他替父親寫輓聯的時候感歎道：唉，我們的父親還是做過一些事的，到了我們這一代，就連輓聯也沒有什麼東西可以寫了。

我在台灣出生。在我眼中的父母一直都是飄零坎坷、家無恆產的難民。我對他們只有敬愛、同情與憐惜，沒有想過他們會留下什麼有形的遺產給我。

母親去世後，我的父親來我美國家中散心。他帶了一個大行李箱，滿滿一箱都是母親生前穿過的旗袍。我非常訝異他千里迢迢帶了這樣一大箱不合時宜的舊衣來美國，卻連自己的貼身內衣褲都沒有多準備一套。我想他是傷心過度，行為失常，當天趕快帶他出去買了幾套換洗衣物應急。

那一大箱母親的遺留衣物隨著我從美西搬到美東，又搬回美西，十多年內我兩次橫越美洲大陸，搬了不下十次家，直到西元九〇年初才在加洲灣區安定了下來。隨著時間流逝，我漸能面對喪母之痛，終於決定開箱把那些陳年旗袍拿出來，替母親在後院做了一個沒有碑的衣冠塚。

那堆衣物中有一幅三邊滾了藍色布邊的長方形白布條，沒有滾邊的一邊剪得不太平整。布面已經泛黃，全幅留白甚多，一角寫了四個楷書體「香夢長圓」，旁邊零零落落地繡了一對比翼雙飛的燕子，和一樹蓬蓬桃花。顏色用得很淡雅，都是粉藍粉紅粉墨，是我母親一向喜歡的那種色調，針腳雖然高高低低卻還用了深淺漸染的繡法。我看不出那是個什麼玩意，就收在一旁，等父親來了，拿去問他。

父親說那是一幅帳簷。是他和母親新婚的時候，由他寫的字，母親繡的花。那時已經快八十的父親大概想起自己年輕的時候，微笑著說：「兩個人鬧著玩，我那幾個字寫得不好，妳媽媽也根本不會繡花。」

以他們的年代，是教會學校高材生的母親，女紅不是普通差。我讀女中的時候，人人的媽媽都幫她們做家事課洋裁作業，我的卻是拿到裁縫店去講好話還要多給錢，先剪裁了

「香夢長圓」帳簷

拿去打次分數，縫一半再拿去打次分數，最後留幾顆釦子讓我拿到學校去做個樣子。作弊作得太明顯，害我差點家事課不及格。

後來我去到父母親家鄉，才知道我媽媽的不擅長家務竟是四鄉聞名。她的娘家和婆家後人都有長輩對他們講述我媽的軼聞，親見的老人更是在四十年後見到她的子女都還有故事可說。

當時我一面聽親戚講我母親逃難到鄉下時，因為不會生火煮飯和縫洗衣裳，鬧出的種種笑話，一面想到那幅她親手繡的帳簷。是什麼動力驅使她這樣一個自視甚高的時代新女性自暴其短地繡了一幅讓丈夫一見就發笑，笑到作者往生多年後，八十老人看見了都還要哂笑當年的難看手工藝品？又是什麼原因讓她在倉皇辭廟，多少珍貴物件都要拋棄之際，卻花時間和力氣，歪七扭八地剪下了這幅字也沒寫好、畫也沒繡好的帳簷當成寶貝帶著走？

多年後，我也已初老，歷經了人世若干滄桑，我把這幅帳簷慎而重之地帶回了我的出生地，委託朋友精工裝裱，打算將來當成祖父母的遺產留給我的姪女。雖然幾個字寫得讓父親自己一輩子不滿意，慣拿鋼筆的母親繡工更是稚拙得令人發噱，可是我想到年輕的父母，在連天戰火下的新婚願景竟是「香夢長圓」，就一面眼眶濕潤，卻一面也像父親晚年時看到帳簷那樣地微笑了。

在我們這個沒有房地契可以留給後人的家庭，我希望這幅不完美的勞作品會把一個帶點香豔和傳奇色彩的家族愛情故事，一代一代地傳下去。

原載二〇一一年十一月十一日《聯副》

心理醫生

素來樂觀豁達，一向是大家康樂股長的朋友最近無來由地情緒低落。她獨力教育兒子成人，奉養父母天年，完成了家庭責任，自己又事業有成，年過半百卻忽然覺得前途茫茫：「Nothing to look forward.」她像念經一樣地對我說了又說。

她身邊幾個空有關心和愛心，卻沒有執照的「蜜」醫（閨蜜之蜜），異口同聲地診斷她為「更年期綜合症」，建議她找有牌的正經醫生去開點藥吃吃。朋友篤信自然就是健康，認為吃藥等於服毒，堅決不從。我就建議她去看個有執照的心理醫生，聊一聊，揭開情緒低落的癥結。朋友很怒：「在美國找心理醫生談話要放洋屁，還有文化差異，講些不痛不癢的話還不如跟妳們說說。」

說得也是。我當無牌心理醫生的歷史比很多掛牌醫生都還久遠，口碑也不錯。最有誠意的「病人」曾經從美西飛到美南來找我談心。那都是二十多年前的事了，那時候洛杉磯的心理醫生就收她一小時一百五還是二百五。她說算一算，還不如買張飛機票來我家住幾天倒倒垃圾划算。

老美心理醫生其實頗制式化。據我完全沒有可信度的身邊問卷調查（就是那兩三個曾經看過有牌心理醫生的朋友的經驗談啦），和美國心理醫生講來講去，看到一張嚇人帳單後的所得，基本就是「千錯萬錯你都沒錯，如果有錯那也是你爸媽的錯」。美國的情境喜劇就很喜歡拿這事開玩笑。甚至在我家，如果我對兒子有些什麼在他不以為然的要求，我也拿這說法耍賴；「沒辦法，我也不能事事明理，做媽的總得做些沒道理的事讓你以後跟你的心理醫生有話聊。」

朋友的初戀男友來找她敘舊。她想來想去，拒絕了。她跟我們說，她心裡永遠保留了一大片給這個一起走過青春歲月的人，可是當初各自做出了「新娘（新郎）不是你」的選擇，現在又被生活折磨得千瘡百孔，難道見一面為了流年似水痛哭一場，再黯然作別？這位仁兄來找她，讓她覺得原來他的心裡也跟她一樣，留了一片位置給她，經過了幾十年都還未能相忘，興奮地發現原來小時候讀的瓊瑤愛情故事並沒騙人，是蔣曉雲寫的這一類「無情」故事才真是胡說。她甜滋滋地回答了個自認為超浪漫的「NO」，朋友們看著她在痛苦中快樂著。

如果這是我編的小說那就一定有一個比較合理（或仁慈？）的結局。可是這是比小說荒謬的真實人生。所以，那位初戀老兄就並不是從此和她一樣，走到兩人牽手走過的地方，想到世上只有另一個人聽過說過的傻話都會微笑，像在無法抗拒老去的絕望中和有情人不能相見的苦澀裡調了一點蜜那樣。

在殘酷的現實裡，那位老先生寫了封信給老太太，狠狠地在三十年後再絕一次交。絕交信的大意是：蛤？妳不屑與我見面，還把純潔六旬老翁的懷舊之思當成色狼邪念來防，那妳現在被我從心中第一等貶為第五等了，以後有空才會想想要不要再搭理妳。還列了一張表，從一等親和女友之為他的第一等關係人到路人甲之為第五等，把自己人分五等的理念詳加闡述了一番。

平靜生活被一通邀約激起千層浪，朋友無端坐在家中忽然冒出幾十年不通音訊，所有回憶深藏在心的初戀情人，卻因為未應「見面」之請就被連降五級，貶為路人。遭此無妄之災的歐巴桑哭哭啼啼地跟我說：「妳每次在那裡亂講什麼『吃了一隻死蒼蠅』，我都不懂，現在我這個感覺，真像吃了一隻死蒼蠅。」我告訴她：大姐，吃了死蒼蠅是不知道怎麼倒楣吃到那種不該吃的東西，會噁心可是不至於傷心，所以她吃到的可能更糟糕一些。

反正我是「無料」加「無牌」的大夫，講話不必負責任。就繼續作權威狀跟她胡說八道。我說，我要恭喜妳，第一：你們當年沒有選擇對方。否則妳就嫁了一個沒有風度又小心眼，絕不Take No for an Answer的沙豬。想想妳這不過是三十年一遇的游擊戰，就被K到一頭包，做他的配偶那可不是終身戰役？第二：妳沒有去和他見面。想想大家長期分離，思想南轅北轍，萬一雙方見面，溝通不良，一言不合，被他當面羞辱，前情已盡還要留下難堪的回憶。第三最重要，我必須再度鄭重恭喜一次，就是原來閣下還有少女情懷。這真是千金難買。想想世上還沒有鐳射可以打掉一個人心上的老人斑。

哭出一個紅鼻頭的歐巴桑說：「可是妳二十歲就寫愛情不可靠了，我怎麼都奔六十了還這麼天真?!」

好吧，看朋友這麼可憐！噓！透露一個大祕密：其實我一直想被證明自己是錯的，可是，我美麗聰明、才華過人的女友們啊，快四十年了，妳們還是一個也沒能幫上這個忙！

相忘於江湖

「泉涸，魚相與處於陸，相呴以濕，相濡以沫，不如相忘於江湖。」

忘了第一次在哪裡讀到這句《莊子》裡的話。聖人的重點可能在下半句，「與其譽堯而非桀也，不如兩忘而化其道」。白話大意是說，與其讚美賢德的堯，鄙薄暴虐的桀，不如把他們兩個都忘掉，回歸到道理的層面來思考。

可是我少時對硬梆梆破題說教的後半句沒興趣，只關注前半段生動比喻中那兩條可憐的魚；因為水源乾涸被晾在陸地上，相互親吻，用唾沫沾濕對方，期能苟延殘喘。這是「情之為物，直教人生死相許」吧？說什麼「不如相忘於江湖」真煞風景！

更何況，以現實面來考量，到了這種時候，逃得掉乾死在陸地上的悲慘命運應該不是選項，而是奢望吧？如果能雙雙游回長江、大湖裡去逍遙，又何必「相忘」？如果只能逃掉一條，那又如何「相忘」？所以年輕的時候，我不同意這句話的邏輯，傾向於相信擁吻著死去；像那兩條魚，一面痛苦地窒息，一面感受在困境中還有伴侶不離不棄的幸福，沾滿了愛的唾沫一起走到生命的盡頭。

隨著年齡的增長，我常常想起這半句話，卻漸漸瞭解了「不如相忘於江湖」的意境。有時候相互愛慕的人，排除困難相廝守，可是在一起卻會遭遇到類似「泉涸」的困境，分開反而可以自在地優遊於江湖。世間的事莫不環環相扣，牽一髮而動全身，也許這條魚不和那條魚「相與」，就不會「處於陸」，也就逃得掉「泉涸」的噩運。反正莊子他們道家說的就是順應自然和時勢那一套，在一堆組成人生拼圖的火柴棒搭起的架子上，動一根就會產生不同的排列組合或者整個垮掉。

幾年前去日本度假，住在池袋鬧區的旅館裡。一早出門就看到一家店大熱門，顧客天天排著長長一條隊伍在門口等著開始營業不說，平時也有人零星站隊。排隊的男女老少都有，而且多數是成年男子，更不乏衣冠楚楚提著公事包的上班族。過去一探究竟，驚訝地發現是等著進場打鋼珠遊戲「柏青哥」。

完全不懂亞洲文化的兒子小威哥納悶地說：這有什麼好玩？

我告訴他「柏青哥」是一種賭博，排隊的顧客等著開門進去好佔坐贏面大的好位子；贏得的點數可以換獎品。對面或附近有其他的店收購這些獎品，所以繞一圈顧客就把贏的錢合法地拿出來了，可以看成是一種有日本特色的吃角子老虎遊戲。

小威哥還是嗤之以鼻，對一群大人在那裡排隊等玩小孩遊戲不以為然。我就跟他說，我對鋼珠遊戲一向很尊敬，第一次玩的時候就覺得，哇，真有哲理！看，當鋼珠射出第一擊的時候，它一生的旅程多半就決定了；打的人只有有限的控制權，在滑進萬劫不復溝道的時候做了正確的挽救，還可以起死回生。可是除了特別有才能的玩家，多數的鋼珠由出到入都是運氣，碰到的每一關都又決定了鋼珠下一關的去路。有的鋼珠在裡面轉得又久得分又高，有的鋼珠一下就玩完。

我說：這可不像我們的人生嗎？

小威哥說：老媽妳說話很誇張耶。

他把我拉到烏煙瘴氣的「柏青哥」店門口，說：看！這就是一間在擁擠都市裡的小賭場，這些人看起來沒有一個是哲學家在這裡追尋人生的意義，都只是人生的輸家（Losers）。他們坐在這裡只因為別無選擇。如果他能去拉斯維加斯拉吃角子老虎，他就去了，才不會坐在這裡或在外面排隊等著打鋼珠。只有寫小說的才會把簡單的鋼珠遊戲和複雜的人生想到一起去吧！

早秋開學的時候，兒子大威哥跟交往三年的女友因為女孩要去美東上研究所，傷感而理智地分手了。這個女友大學時候每年來我家過節，現在又到了假日季節，家人之間開始商議安排行程和其他過節瑣事，不免談到舊事讓大威哥觸景，生出若干低落的情緒。我聽他說起自己的小小悲秋，就想找機會跟他談談莊子的這兩條魚。可是我想他多半會像弟弟一樣潑老媽冷水，說：「那是兩條沒有及早發現水位下降就趕快逃的笨魚。老媽妳和那個莊子都想太多了！」

哪個不多情？

電影裡常有墜落地球的外星人，穿越時光隧道來現代的古人，或海裡跑上岸的美人魚之類，初初來到當下人類的環境中利用看電視學英語的情節。我每次看到，都會想起幾十年前自己在剛上岸（Fresh Off Boat）時每天窩在家看日間肥皂劇「惡補美國」的生活經驗。

那個時候常看的一齣日間長壽劇叫「The Young and The Restless」，劇情基本符合片名，就是劇中人老老少少都戀愛談不完，雙雙對對以排列組合的變化來加強劇情的曲折性。不過根據小報的說法，長壽劇角色的命運其實和真實生活中演員的合約、個人健康及狀態，和是否要求過分的加薪等等都是相關的，所以某種程度也反映了真實的人生。這個戲在一九七〇年中期就很火了，沒想到上個月我下鄉度假竟在旅館裡看到新版。我不禁納悶，現代的人精力就如此充沛，演了三十幾快四十年了，還Restless不肯打烊？

和我差不多年紀，在大陸出生的朋友算「老三屆」；經歷過文革、知青下鄉等等政治運動，每個都水裡來、火裡去的很有些人生經驗。除了大老闆和高官還有餘裕搞七捻三，我看到的多數平民百姓都老老實實退居二線，眼下俱以含飴弄孫為人生的最高追求。可是在台灣出生的同齡人，尤其像我這樣在城裡長大的，少時環境裡充斥著「三廳」式的愛情小說和電影，年紀大了也難安分。我一位現在失聯了的少女時代閨蜜，在美國讀完大學以後蹉跎成了大齡剩女，就跟我抱怨過都是小時候在台灣看多了愛情小說，對愛情產生錯誤憧憬才導致後來情路坎坷。

別的十幾歲台灣青年同時期也許正思考如何救國救民，打倒威權，或促進世界和平；這我不清楚。不過那時我在台北的死黨多以談戀愛為生活中的頭等大事。談戀愛要浪費很多時間的，不光是約著出去玩，在一起的時候男的說了啥，女的說了啥，你怎麼說，我又怎麼答，都要存心留意。男生不詳，女生約會回來要找手帕交一五一十交代分析研究，開檢討會商議改進，討論對策。我那時常想，戀愛時的女生不管長成啥樣，心裡都住著個林黛玉。好吧，未必都是多愁善感才貌出眾的林妹妹，可是絕對是個小心眼。

我當年看電視學英語的時候，看到那些老不「休」（The Restless）的劇情覺得胡說八道，就去吃零食、上廁所、打電話，坐不大住。沒想到時間過得飛快，轉眼自己也從

The Young 群體中出局。然後就發現原來肥皂劇劇情還並不像我當時想得那樣偏離人生。

四十歲以後我歸納出一句常用「金句」告訴前來向我訴苦的閨友：「妳再跟我講某某，我就要告訴你衣索比亞餓死了多少人。」結果現在我們都奔六十了，那句話竟然還有用到的時候。

不記得哪裡看過，說婚姻制度是人類平均壽命三十歲時候的產物。現在因為大家愈活愈長，人生重新洗牌更換伴侶的機會大大增加。以前我以為只有好萊塢夫妻戲如人生才能如此瀟灑，現在看看身邊離了婚的朋友也許多都跟前配偶結為好友。最讓我嘆服的是有一位前夫跟現妻鬧家務打架，被當家暴嫌犯抓進了警察局，唯一可以打的一通電話沒打給律師，而是打給前妻叫救命。當然，我這個朋友是位俠女，可是能讓前夫這樣託孤寄命，也是放下所有做夫妻時的恩怨情仇，真正昇華為友誼了。

最近一個朋友有初戀男友找她單獨出去「敘舊」，害她「老鹿」芳心一時彷彿回到少女時代一般，舉棋不定，幾番沉吟，只怕相見時難別亦難，不知道自己應不應當赴約？當年 The Young 一群相互通氣，友朋之間一說兩講，發現已是六旬老翁的初戀男友仁兄罔顧家有悍妻，正到處在跟從前有過曖昧的異性約會，純聊天「遙想當年」，還自況恍如被國民黨拉夫的老兵返鄉探親會見行前未及圓房的童養媳。有缺德的妙評，說這個行為可能是以精神治療代替找泌尿科醫師掛號。當了幾天「小鹿」的歐巴桑聽說自己不是唯一名單，不免大失所望，洩氣非常。在旁邊「打醬油」的我卻領悟到原來 The Restless 竟不是「戲說」。

這大大鼓舞了我寫作的士氣。因為我那時寫的一個小說〈珍珠衫〉一直斷斷續續疙疙瘩瘩不順利，自己分析原因之一就是主角都是 The Restless，老亦不「休」。老人不談〈樂山行〉那種散散步、說說話的黃昏之戀，對作者自己也是拓展新視野。我隨口問問身邊朋友做個全然沒有可信度的問卷調查，結果，有一個說闔眼前想會見從前的愛人，要釐清三十年前分手的恩怨；有一個信輪迴的說當年對他太壞可能造成永久的心靈傷害，想面見化解，免得糾纏到下一世；又有一人已經相見過，說對方中年失婚，老來孤家寡人，雖然生活富裕可看來精神生活貧瘠，心中內疚悽然。上網一查，發現尋找初戀和舊愛的銀髮族好像還真不少。既然現在老老少少沒有哪個不多情，我也不必煩惱自己編的故事太過天馬行空。多謝真實世界裡這些 Restless 老不「休」們躁動不止息的春心幫我解開正在打結的創作（Writer's Block）。特為此記。

苦主

返鄉後和老友們餐敘不斷。不知是因為我的雜文幾次扯到初戀情人，還是因為我離開家鄉的時候很多朋友的昔日愛侶和現在的「牽手」不是同一人，我這個四十年前老友的出現讓朋友們紛紛憶起，甚或得到機會與青梅竹馬重逢。其實以現在的標準，當年那些無猜兩小，除了少數特別早熟，一般都只算得上是「兒時玩伴」，真夠不上叫「舊情侶」或「老情人」。

有大方的就把小時候的男女朋友介紹給現在的配偶。有一個男的朋友愛開玩笑，還對他的小孩說，來，來喊「大媽」。我忘了他太太在不在場，如果在，可能也是個和她丈夫一樣幽默感強而且度量大的女士。也聽說有特別怕太太的男士聞風色變，明明沒事，卻搞得遮遮掩掩。一個女友說話直接，聽說有位男士特別緊張，一再交代不能讓他太太知道吃飯的時候有小時候的女朋友在座，最後一刻乾脆怯場不到，以示清白。女友就說，笑死人，我們這年紀跟前男友去摩鐵魯都絕對是真的肚子痛要借廁所，更何況是一大堆人吃個飯，這樣怕太太也太離譜了。另一位熟知內情的男士就說：有些女人就要人家騙；有前女友的場合他不來參加，做出對太太效忠的樣子，其他老婆不知道的，什麼地方不去，什麼壞事不做？

席間又有人開玩笑說男某某和女某某從高中就在一起玩，可惜最後沒結果。婚後一直不老實最後還離了的男某某就告饒道：唶！要是結了婚，那苦主不就是她了嗎？還是做朋友吧！

「黃花對酒疏狂客，且把他鄉作故鄉」，老華僑已經忘了幾十年前初履僑居地的文化震撼。反而老大回鄉，天天有新的體驗。一九六〇年末和一九七〇年代出生的姪女是台灣所謂「五年級生」和「六年級生」，她們跟我抱怨，她們的同學也都是社會菁英、專業人士，辛辛苦苦工作卻常常還要父母金援，因為「錢都被你們四年級的賺走了」。

我認識的人不多，不過四十年前的老友們在台灣顯然趕上了「好年冬」，看來倒真的如我姪女所言，都過得挺「滋潤」。起碼出手待客就比我的老美或老華僑朋友大方，我得以登堂入室的幾家，也都住得很舒適體面，聊起天來口中被套牢的股票也以百萬和千萬為單位。可是經濟寬裕不代表家庭幸福，許多人的婚姻和感情卻都像走進了死胡同。

受居住地流風所及，我所知道的華僑家庭（例如舍下），父母子女之間也像西人一樣口中「寶貝」來「甜心」去，「再見」一定加上「愛你喲」；大人小孩說得熟極而流，連意見不合，吵起架來了，最後都還因為積習難改，會惡狠狠地說：「OK! Love You! Bye!」所以往往兩夫妻都要簽字離婚了，嘴上還在愛來愛去，看得局外人一頭霧水。

可是在台灣的朋友，夫妻之間很多小孩還小時互稱「把拔」和「馬麻」，初老空巢則叫對方「喂」；掛斷手機前要嘛不說「再見」，要嘛說成「就這樣！」（我聽起來等同「少囉嗦！」）。這麼交流個二、三、四十年，老夫老妻在一個有限的空間裡（我所見最大的是百來坪）低頭不見抬頭見，愈在外面跟朋友熱鬧哈啦，回到家來就連話都愈懶得跟那個叫「喂」的人好好說。在我小小的樣本池裡，我看見做夫妻前做過朋友的，在愛情荷爾蒙退去後能回頭去做朋友，就看起來還有說有笑地起碼相處融洽；做不成朋友又不願意忍氣吞聲當苦主的，就成了仇人。不過奇了，幾位小時了了的朋友竟都習以為常地賴在這種不愉快，甚至有害身心的關係裡「與敵共眠」，寧可日日攻防，也不思改變。讓我這個化外歸來的朋友不勝唏噓。

如果相信報應和輪迴之說，情侶之間哪怕曾經再愛過或恨過，都只有今生無來世，夫妻卻要糾纏七世。一頭栽進這樣久遠的關係，不該小心經營，避免冤冤相報？要是搞到積怨太深，不定哪一世就登上了醒世姻緣榜，成了小說素材。能不慎乎？

紅粉和粉紅

旅居美國的高中好友看到我在家鄉玩得高興，拿了幾天假也回來湊熱鬧。在地的高中好友是貴婦，開了休旅車來打算載老華僑去淡水和八里這些景點走走。還沒出門，有人講到膝蓋疼痛，聽說在桃園有一位推拿師有祕技，可以一試，立刻得到全體回應，脖子痛的，手不能彎的，什麼毛病都出來了。當下改變行程，一行四人，加起來二百多歲，都不北上去郊遊了，改成南下去看病。

老華僑朋友的痼疾一次沒能看好，過兩天又被介紹去另一個民俗療法的所在。這次只有我奉陪。

兩張床並排，我看那個陣仗以為是精油按摩，正放鬆了準備享受，旁邊的朋友開始唉叫。我趕快請推著我的背的師傅手下留情。旁邊就有人發話，說推得輕了哪會有效果，這裡是保健的，不是來爽的。

我趴著只能看到床下一隻置物籃中放著的我的皮包，不曉得屋裡除了朋友和我背上那雙手的主人，還有誰在說話。耳邊只聽得人來人往，和朋友哀叫得像良民被抓進了日本憲兵隊。只好對這位只聞其聲的女士說自己對穴位敏感，不能吃力。充滿了權威的聲音就說：不通則痛，妳朋友痛得叫是因為氣血不通，一定要疏通，否則不會好。妳們這種情形是第一次來的人很普遍的現象，我們這裡的老客人就不會痛。那今天幫妳們拔罐好了。

好沒好？「這個不好說」，反正結果是兩個人走進去，兩隻豹走出來。我和朋友互相取笑身上的青青紫紫各色花斑和一個一個圓圓的拔罐留下的紅印。朋友說：真像妳說的，變成粉紅豹了。

粉紅和紅粉真的差很多，就像「粉紅豹子」和「紅粉知己」之大不同。

我在台灣已經多次聽到少時男性朋友用到「紅粉知己」這個詞；他們一般拿來泛指婚姻之外和男士有親密關係的女性。

我特別去「孤狗」Google了一下，發現我原先對這個詞的理解是正確的，「紅粉知己」的原意是以男子的角度看，與之有純友誼的女性知交。坊間拿來指稱有曖昧關係的女性朋友是誤用；可是以訛傳訛，紫已奪朱。至少我幾位欠學的男性朋友都用這個詞來介紹年紀小個二、三十歲，和男士有羅曼蒂克關係的女朋友。我猜想是因為「紅粉」總讓人聯想到「佳人」，所以這幾位老兄就犯了很多男人都會犯的錯，讓這個成語蒙受了不白之冤。

我警告已經成了粉紅豹的單身女友，現在斷不可自稱，也不可被稱，是人家的「紅粉知己」。

那天三個好友三娘教子，和一個高中時一起玩的男性朋友餐聚。男士幾年前離婚，五天後就經由朋友的「紅粉知己」介紹了一位小他二十多歲的「紅粉知己」為伴。據小道消息來源告知，兩岸三地都有「紅粉知己」的小圈圈，「紅粉知己」們相互支援，形成人力資源仲介服務，一但得知哪裡有經濟殷實的男士身邊「出缺」，就會有人介紹「補位」。我們這位男性老友和三位老太太吃晚飯的時候，他的「紅粉知己」就拿著極可能是他的信用卡在旁邊的百貨公司襄贊周年慶，順帶等候「良人」餐敘完畢，來接可能喝多了的老傢伙回去；敬業的態度完全是當份工來打。跟我們吃飯的老傢伙也毫不諱言，「紅粉知己」的「升職」Promotion 就是「扶正」。

這讓我想起幾年前聽說的一件軼聞；僑居地有一位男士脫了一層皮後終於和原配離成婚，娶了他在大陸出差時結識的「紅粉知己」。喜事辦完後回來找朋友吃飯，正式介紹小新娘給大家。席間男主人替客人添茶，不慎把熱水在自己手上澆了一下，小新娘捧過老新郎的手，看著那一小片燙紅了的皮膚，當眾就落下淚來。

「輸了，輸了！」在座女士很多都是離婚男士前妻的朋友，私下發表感想：「這也哭得出來？換了是我，一定要罵：老頭怎麼這麼笨？倒杯茶都不會！」

糟糠們不能「為君燙傷雙淚垂」，只能帶著因為上班兼持家幾十年操勞出來的一身「老傷」去保健按摩，被女大力士推拿成粉紅豹，卻當不了糟老頭們的「紅粉知己」。不知道是誰該檢討呢？

相欠債

「錢都被你們四年級的賺走了！」在台北碰到的幾個下一代跟我訴苦，「現在台北房子這麼貴，薪水又這麼低，大學畢業了還找不到工作，教我們怎麼辦？」

家鄉說法，「四年級」指一九五一到一九六〇在台灣出生的人。根據我「毫無公信力的身邊問卷調查」，上面這個說法連對是被抱怨對象的「四年級生」都同意。只有我老哥跳出來喊冤：「那我們三年級的可沒有賺到錢！我那個時候大學畢業也找不到工作，沒錢出國就多半都去做教師，薪水台幣八百塊。」

其實「四年級」成長的時候，在台灣有眷村叫「克難新村」，馬路取名「克難街」；朋友的朋友就有大名叫「克難」的同學；光憑「菜市場姓名學」就可以遙想當年台灣生活環境之艱苦，否則怎麼會處處要人「克難」？

所以，沒有當時大家的「克難」，哪有後來的富裕和繁榮？（三年級生又跳出來喊：「克難」也是「難」到我們，你們四年級那時候還包著尿布，什麼也不知道！）

好吧，不談從前。留在家鄉的昔日同學和朋友，走過克難歲月，現在確實都衣食無憂，哪怕沒有錢的也有閒。忝為「四年級」一分子，雖然在異鄉打拚了大半輩子，家鄉吃香喝辣沒我那份，卻不免有點莫名的慚愧。姪女體諒地說：「不怪你們，姑姑這些朋友當年都是台北前三志願高中畢業，又讀了大學。你們那個時候大學畢業就算社會菁英了，所以後來日子過好一點，我們能瞭解。」

為了找「茬」，我開始觀察朋友快樂生活裡的不如意，發現看起來經濟寬裕、生活圓滿的「四年級生」，除了很多夫妻關係緊張，真正的罩門原來在「小孩」。用台灣俗諺形容這些從「早期三十」（Early 30's）到「晚期青少年」（Late Teens）年紀的兒女和他們「四年級」父母之間的關係就是「相欠債」。

我不是專家，充其量只能說是個久遊歸來的資淺「社會觀察員」，而且我的樣本池小得不值一哂。可是就這麼封閉的一個社交圈，我看見和聽來的，有關親子之間的故事卻是連我寫小說都不敢妄用的離奇。基本上，台灣「四年級」中產階級父母對子女的「孝順」真是到了讓老華僑瞠目結舌的地步。

太離譜的事容易讓人對號入座就不提了。談點比較常見的瑣事；我有一位姻親，兒子讀高三，十八歲的年輕男子每天早上梳洗完畢，走到大門口站定，母親就把書包掛到他的肩上。這位老媽不但熟悉小孩每日課程，替他把書包提早整理好，如果哪天弄錯了課本，兒子回來埋怨，母親還會自責不小心。在母親眼裡，兒子沒有被寵壞，是讓父母欣慰的好兒子，能體諒母親的苦心，回報以天天用功，不大出去玩，也很少上網打遊戲。

我覺得在這樣的親子關係裡，兒子的犧牲太大了。我一生中最好的朋友都是在高中時候交的，運動和遊戲也都在高中時期學會的；環顧四周，男男女女的朋友莫不如此。高中的時候不交朋友，不出去闖點禍，老了哪有什麼人生樂趣可以回味呢？

還有一對我不直接認識的父母；夫妻不睦，事業成功的丈夫覺得教養子女是太太的職責，很少參與。妻子鼓勵孩子們發展自我，子女都花了很多時間探索自己的興趣，幾次更換學習專業，在學校系統的避風港裡都躲到而立之年了，還和父母住在一起，依靠父母經濟支援，沒有趕快畢業或找份工作獨立的打算。

在這樣的親子關係裡，子女從父母那裡有「受」無「施」，這未嘗不是一種剝奪，父母連讓他們去討好的機會都不給。看起來父母對他們沒有要求，卻也吝於指導，讓他們浪費了寶貴的光陰去摸索人生的方向。父母能在同儕中誇耀自己的大方和開明，卻沒有想過兒女一次次更換跑道的挫敗感。我不知道這是誰欠了誰？

這位父親還自豪自己「養得起」，母親更是一味支援兒女的作為，都對屆齡退休還要負擔兩個老學生的學費絲毫沒有抱怨，可是對馬英九未能在世界經濟衰退時讓台灣自外股災卻強烈不滿。

從這個案例我領會到為什麼政治話題在台灣總能引起共鳴，原來人民對政治領袖的期望比對自己的兒女還高。這兩位「四年級」賺了夠用的錢，子女卻成了長期甚至逾期的「甜蜜負擔」。他們不要求子女，卻不放過自己，年過知命還努力不懈，到處兼差，積極投資理財，期望再大賺一票。他們累積的財富藉由下一代的延遲自立付出去給社會，也算是另一種形態的社會財富重新分配吧！

以食為名

愚夫婦雖才初老，少年相識；從做朋友開始算，緣分迄今已經超過四十年。馬齒漸長，記性漸短，生活中的樂趣之一是拼湊回憶。可笑又可氣的是明明是共同經驗卻發展成各說各話，吃飽沒事竟以爭執到底是誰失憶為戲。有時想想如果要從對方的眼睛裡去回顧前半生，恐怕連自己都要重新認識自己。

比如吃早點時討論今天午飯何處去，我忽然想起來問：你記得我年輕的時候很會做菜嗎？你吃過我做的「砂鍋魚頭」嗎？

丈夫嗆得口中咖啡差點噴出，急忙搖手否認，用笑岔了氣的腔調反問：「說誰很會做菜？」接著又感嘆：「說妳很會說笑就是真的！大概在外面吃膩了，夢到自己會做菜。」

借題發揮，他又講起他那個常做的噩夢：

年老的他坐在輪椅上，被後面的一雙手推到樓梯口，他覺得有可能會滾下樓梯，往後轉頭想對「推手」提出警告，卻驚恐地發現那是我的手。還未及出聲，輪椅就滑下了樓梯。一路滾動，還聽到我在他頭頂上無辜地說：「Oops! Sorry!」

這麼不好笑的笑話虧他一講再講，不但強調「生平最大恐懼」就是有一天老病到需要我來照顧，還要加註解：不是妳壞心，是妳太不可靠，妳自己走樓梯都摔過兩三次，要推個輪椅那還不滾下樓去？

我警告他再多講幾次，沒做過的噩夢就會成真了。他堅持還真就做過那麼個夢。起碼夢到過一次，那就夠人嚇很久了。

嗟！我曾經喜歡做菜絕對不是做夢。多年前我到美國讀書，一本教科書都沒帶，卻帶了五本中菜食譜來就是證據。只是幾十年來搬來搬去，「證據」已經煙消雲散，這個「嗜好」也不知什麼時候就沒了。唯二的「遺跡」：一是我轉電視頻道看見烹飪教學總會停下來看幾分鐘，二是我家有各式烹飪用具，把廚房櫃塞得爆滿。幸好兒子大威哥長大後喜歡烹調，算是替這些東西找到傳人。我每次看見大威哥都要叮嚀，買任何廚房用品或食物料理器前都先來家裡找找。

多年遠庖廚，我卻在友朋之間素有燒得一「嘴」好菜的口碑。有長達十幾年的時間，我每天寫簡易食譜貼在冰箱上給不想花腦筋替東家搭配均衡飲食的鐘點管家「參考」。一個職業婦女朋友就曾經一再拜託我把那些寫在日曆紙或餐巾紙上的食譜留下來給她「循環利用」（Recycle），她說每天家裡吃什麼是個傷腦筋的問題。我卻把寫簡易食譜當成好玩的事情來做。每天開冰箱看看有什麼材料，應該怎麼配；那時沒空寫小說，寫寫什麼「肉切細絲，以適量鹽、酒、糖、醬油醃至少半小時……」也算一解我對中文創作的渴望。小孩半大不大意見特多的那幾年，管家做的三菜一湯只有大人捧場。我一下班就匆忙洗手更衣圍圍裙，另煮肉醬意大利麵、起士通心粉、蜂蜜烤雞塊、乾煎羊小排那種引不起敝廚娘食慾的食物把小孩養到六呎，也順便把自己整得對廚房敬而遠之。

在我煮菜「光說不練」的名聲漸漸傳出之際，有位老廣朋友懂得讚美人，跟我說：「有嘛野，整嘛野，才真的好也！」意思是我能「就地取材」，冰箱打開就可以請客，不像他家請客一週前就開始「東市買駿馬，西市買鞍韉，南市買轡頭，北市買長鞭」，先把丈夫當司機兼搬運工折騰一番。聽他說起來家裡有一個人「會做菜」的榮譽得來不易，竟有點「一將功成」的味道，他這個無名英雄的功勞被一筆抹煞，置於無地，到賓客讚美太太的廚藝和辛苦之際，還落得一個酸溜溜的「他呀，光會吃」的評語。

可是像我在廚房裡這樣貌似輕鬆，很多幹練主婦眼中看來就不夠慎重其事，更不夠苦情。加上多年動口不動手，缺乏實戰經驗，「差勁女主人」的名聲傳了出去，我漸漸連客也不敢在家裡請了。如果「請」非得已，也是請吃燒烤ＢＢＱ，讓材料和丈夫去出風頭。近年來四海為家，在兩岸當然是上餐館，在美國更是搬家搬得鍋碗瓢盆不成套，自己廚房裡的東西都找不到，哪裡敢想到下廚請客？只好託詞「對吃沒興趣」，說的次數一多，連自己都信了。

其實以寬鬆標準來看，我可算出身饕客世家；記得少時寒舍飲食就比其他我知道的家庭講究，家中還多年保有下館子的傳統。在外遍嘗美食，父兄回到家裡也嘴刁手高，廚藝不俗，常常諷笑「我們家女的不會燒菜，只能打下手」，也不想想他們講那句貶詞的時候我才幾歲！只是親友間以訛傳訛，弄得好像我一直和不會煮也不愛吃的我媽一國。孰料我長大後不屑打下手，自認手藝比我媽強太多，只是離開家鄉後沒機會練習，後來更開始燒西菜，做了自己都不想吃，漸失烹煮的興致。要不是家鄉老友提起還是台灣小姑娘時大家玩青春版「家家酒」，我表演「外省菜」——「砂鍋魚頭」、「冰糖肘子」、「茄汁明蝦」、「東坡扣肉」都端得出來，我竟忘記此生有過那麼幾天曾經喜歡洗手做羹湯，而且還燒過叫得出名堂的佳餚。

有一道我私淑於老爸的「紅燒冬瓜」，顧名思義，材料手段顯然簡單，卻讓只吃過一次的女友惦記經年，說是自己回去試了多少次都不得要領，見面就逼問祕訣，我卻對料理細節全不復記憶。

難忘的是父親曾經因為我喜歡吃他做的「珍珠丸子」，多次要親傳私房食譜，可是我那時已經不喜歡下廚，就一直打混不學。他氣急道：「妳不學，等我死了誰做給妳吃？」我賴皮道：「你在我就有得吃，哪天你要走了，為了紀念你，我以後就不吃這道菜了。」以至到現在一看到桌上有「珍珠丸子」，雖不後悔沒繼承「家傳菜」，卻會心酸地想起父親真的永遠離開了。

不若彼裙釵

（前言）

這件三十多年前的「古物」是印刻出版社為此書而發掘出土的。謝謝編輯小施小姐，讓老華僑又一次和自己前身的台灣小姑娘在奇妙的時空不期而遇。

當時這篇為失戀姊妹發聲的小文章發表後引起不少回響，如果沒記錯，前輩作家楊子先生還回應了一篇〈裙釵未若彼〉，列舉實例，替拙作中被罵薄情的男子喊冤。不想老華僑感覺洞中方一日，楊子先生卻作古有幾年，文中提及的妙齡女郎也個個都成了「阿桑」（伯母）。

「年年歲歲花相似，歲歲年年人不同」，哪怕浮沉情海中，嬰兒潮世代現在退居二線，試管嬰兒們初登亮相。只要愛情還是人生的重要課題，戀愛和失戀就會一直發生，這篇文章也許稚拙，卻不算過時呢。

原載一九七九年七月二十日《聯副》

〈不若彼裙釵〉

讀高中的時候，國文老師在課堂上講閒話，問大家《紅樓夢》的人物裡最喜歡誰，於是黛玉、寶釵、探春、惜春，大家哄哄不休，連劉姥姥亦是受歡迎人物之一。最後想起來請問老師喜歡誰。他說是賈寶玉。

全班於是又笑又罵；那時還正流行老查一類的警匪片，亞蘭德倫都改變柔情戲路專演冷面殺手，在個女生班裡，年輕男老師說喜歡賈寶玉，一定要當新聞傳到別班去。

可是許多年過去了，聽到的看到的遇見的人，都不再限於一「班」以後，漸漸才知道賈寶玉的可愛；至少這個人能體認女子的可愛就夠教人感激的了。

我不是婦解份子，雖不高唱「寧為女人」，至低限度對自己這一層身份也算安分，然而還是要看到這個社會上對女性的不公平，比如說同一公司裡，男性職員即使能力較差，升遷的機會仍然較佳；同樣的履歷去應徵工作，老闆卻願意聘用男生……不過這種種情況，其來有自，而且也在改善中，不在討論之列。現在要印證到題目上去的，是就感情問題而言。

我的一個已婚朋友，有一次和我談起她自己婚前的男友：「那是我的初戀。妳想想看，我讀了六年女中，三年家專，他是我認識的第一個男孩子。他很高，一百八十一公分，書念得很好，長得也不錯，跟他交往了三年，妳知道我那時候幾公斤？四十八公斤！我現在六十公斤。妳知道我為什麼那麼瘦？就為了他來找我，我緊張得吃不下飯，他不來找我，我想他想得吃不下飯，就這樣得了神經性胃病，瘦得只剩四十八公斤，每餐飯能吃這麼一小口，我媽就很謝謝我了。」

眼前白淨富泰的少婦，拇指食指虛虛一圈，比了一份她從前的飯量給我看，又幽幽背誦起那男子昔日情書上的一些句子：「……他會抄一首詩在後面，我還記得那年中秋節，他在南部當兵，他寫一封信給我，後面寫了兩句：但願人長久，千里共嬋娟。我當時真是太感動了，他還寄了一顆紅豆給我，我就特別去鑲了一條K金鍊子，把它戴起來，天天戴。」那遙遠的戀情似乎又在她心中鮮活了起來，她的眼眶紅了，「妳知道後來我們怎麼分的手？我們交往的三年裡，他有兩年在當兵，可是他雖然在當兵，我並沒有交別的男朋友，我一心一意的對他，我們兩家的爸爸媽媽本來就認識，大家也都認為這件事就是等他當完兵了。我一直等，好不容易等到他快要退伍了，哦對，那個時候他信寫得愈來愈少，可是我也沒放在心上，我想反正他快要回來了。後來他回來了，可是他沒通知我去接他，回來過了兩天才打電話給我，那天我就哭了一下午，我知道他變了，我姊姊氣得不得了，要去問他，我叫我姊姊不必去了，後來他就再也沒有找過我了。妳相信嗎？三年，三年就這樣一個電話就完了，事後我才想起來，他一個朋友曾經對我說，他當兵的時候妳應該常常去的，妳去的太少了。」

「妳就不把事情問問清楚嗎？」我是凡事必要盤根究底，而且是最不能冷靜的聽眾，十年前女性的委屈亦會教我生氣。

「還有什麼好問的呢？我打過一次電話給他，他不在，我留話給他媽媽，他也沒有回話。可是妳想想看，我如果真的嫁給他，我會幸福嗎？像我現在，我很快樂很幸福，我敢說我如果沒有嫁給我先生，我一定不快樂。真的，談戀愛和結婚是兩回事，等妳結了婚妳就知道了。」

我二十歲就確定了自己的感情觀，一連寫幾篇小說，如〈掉傘天〉什麼的，說的也都是這意思，正好和她的體認相仿，只是有一點我沒想到；我一直以為何等轟轟烈烈的戀愛，都一定會在生活裡死掉，死到連個泡泡都不留，可是看見她，這樣深愛著丈夫孩子，這樣自覺愉快幸福的女人，還可以把初戀如此牢記，含著淚娓娓訴說，我是既詫異又傷心，因為我想起我另一位已婚朋友說過：「唉！男人哪，十個有九個半，都說從前有多少多少女的追過他，對他怎麼怎麼好，妳聽有哪一個說過他從前怎麼追他女朋友的？」戀愛的記憶通常都在男子的虛榮心中被過濾了。

我另外一個朋友和相戀經年的男友分手，這破裂的一對倒是為分手數次長談，然而那男子亦是舉不出一點支持自己的理由，只好無的放矢，胡說一通：「……我愛妳還沒有愛到要和妳結婚那麼愛……當初也是妳先來找我的……」

話很多，最刺激我的是這兩句，聽了就忍不住要破口大罵，我的朋友是比較灑脫的一型，她表示事已至此，讓它去吧，何苦為此吵架，然而半年後，那男子和一新認識的女子結婚，她還是一場好傷心。

還有一個朋友，她是很浪漫的，她明白地告訴我：「我不喜歡妳的小說，妳把愛情寫得太殘酷了。」她追求的戀愛是蠟炬春蠶，要纏綿至死，才能如她的願。

她終於還是失了戀。她美而慧，我們這些朋友和她自己都想不出來她究竟為了什麼而失戀。她像脫了水一樣，一天天瘦下去。她打電話給他，他只說抱歉，為他說過的情話不能負責而抱歉；她寫信，說她的愛和她的愁苦，他不回信。她是執著而堅持的，雖然他冷漠的堅持已經摧毀了她對自己的信心，可是她持續了兩年，在分手之後，給他寄生日卡、耶誕卡，他卻只是繼續的毀掉了她對台灣郵政的信心。

更慘的一個例子，是男子的反守為攻。這個朋友和男友相戀七年，嚴格一點算，應該是她愛他七年，他表示也愛她凡五年。他大學畢業以後出了國，她在台灣老聽說他另有情鍾，隔海吃起真正的飛醋，航空信件越洋電話鬧個沒完，終於弄僵，那男子最後一信，說是信上纏不清不要再寫，一切等他回來了斷，傻妹信以為真，靜靜等待。等啊等，終於回來了，兩人相見，互訴相思，彷彿言歸於好，滿天雲霧散盡。傻妹喜孜孜的要帶他回家，稟明父母，準備結婚，沒想到男孩子另有意見：「太遲了。我從前一直求妳，妳是怎麼對我的？我在國外那麼苦，妳除了找我吵架，妳還做了什麼？我沒辦法忍受妳了，再說我也不能對不起我在美國的女朋友。」可憐這個女孩子，哭得個淚眼不乾，原來她引頸企盼的居然是個復仇使者，他千哩萬哩飛回來就是要親眼看著她心碎。

我常常覺得自己所有的冷靜溫柔都寫進了小說裡，以至於生活得情緒激烈，朋友的事也拿來當自己的事般操心，不能冷靜的來想來看，這些倒楣的戀愛故事就不是寫小說的題材。可是失戀的女孩這樣多，這些情形必然有它的共通性。談戀愛應該是極好極美的事。雖然現代人受西洋電影及文藝國片影響，肉麻情話說個不停，稍煞風景，並且予寫故事的人大不便，愈想寫實就愈寫得像三流劇本裡的對話。既然曾經相愛，為什麼就不肯讓它好好的收場？一個男子既然能說服自己拋棄曾經愛過的女友，為什麼不試著好好地去說服她？對女子冷漠教她知難而退，和罵她教她走開一樣沒有風度。

愛情是會轉變的，尤其在有人遞補的時候，那種改變更是快得不得了。可是交個朋友，結個仇人同樣是一樁愛情的了結，與其給自己來個大洗腦，光記得人家一件件不好，何不站過去替對方想一想，拿出曾有的默契，體恤體恤她的心情？女子可愛，就是至少在情感問題的處理上，能夠有情有義，即便分手，留下的亦是懷念，不是懷恨。

不老此裙釵

（前言）

女友給作者鼓勵，說是三十多年前的拙作〈不若彼裙釵〉現在讀來還是有趣。作者經不起誇，立刻得到靈感，再接再厲，超過半甲子後再度為我輩裙釵發聲，成就這篇小文。

幾位久居國外的女友返鄉孝親，一致認為已經離開父母家幾十年又回頭去做老女兒很不習慣。其中一位講起老媽半夜三更悄然摸進房裡查看五十幾歲女兒有沒有踢被子的時候，笑中帶淚，搖頭歎氣，為自己不能體恤親恩，感覺「不孝」！

原來曾幾何時，遊子夢中母親那雙溫暖的手，過了幾十年竟成了華僑阿桑返鄉現實生活中的午夜驚魂。父母之家已非兒家，出生長大的家鄉也需要重新適應。

單身女友納悶道：「嘿，很奇怪，在美國我從沒覺得自己老，回來這裡好像人家都覺得年紀很老了。也是啊，如果照台灣算虛歲，都快六十了耶，怎麼也不能裝嫩了噢。可是我就是不覺得自己老，怎麼辦？」

我在上海的時候偶爾看過幾次找老伴的電視節目，叫「精彩老朋友」（要用滬語發音），好像四十歲以上就符合資格參加節目找「老朋友」。一位即將當新娘的女兒替母親報名參加，以親友身份上臺推薦，說：不忍心自己出嫁後，「老人」寂寞，所以替她四十二歲的媽媽報名尋找第二春。還有一次時近重陽，看見路邊有小社區搭臺敬老，駐足湊熱鬧，主持人一一唱名：「某某某老人」，當眾喊出嘉賓年齡「NN歲」，接著請上臺接受表揚。聽起來是把「老人」當尊稱，然而讓我吃驚得合不攏嘴的是聽起來五十歲就是擔不擔得起「老人」尊稱的門檻。

按照那低標，跟我同時輩的電影明星都可以改稱：「成龍老人」、「青霞老人」、「楚紅老人」。虧得我以前聽見「巴金老人」、「冰心老人」還以為要老到九十歲以上，連喊「先生」、「同志」都嫌不夠尊敬，白話又不稱「子」（老子、孔子家喻戶曉，可是巴子？冰子？聽起來的確不太像話），才別出心裁喊「老人」。第一次在大陸看見、聽見「老人」這個稱呼，我彆扭了很久才習慣，沒想到這麼快就可以用到自己身上了。「曉雲老人」，聽起來高壽又有氣勢，一副德高望重的樣子。不過如果此後二十年之內有人這麼尊敬我，可能會被賞大白眼。

「起碼在台灣人家看著我們這張臉還叫得出『小姐』！」我告訴女友，「前幾年我在上海買東西，人家都喊『阿姨』，我還怕他們快叫我『老人』了，還好後來向台港澳學習，現在叫『姐姐』，聽起來舒服多了。」

「廢話！我們再不年輕也比『美青姐』小幾歲吧。」女友開玩笑，「人家連『夫人』都不當，我們這一代不做『姨』不做『婆』，最高到『姐』就夠了。蔡英文跟我同屆，她還是『小龍女』，也沒人喊『小龍婆』！」

嬰兒潮世代的女性絕不言老，而且仗著人多，引領風潮，改變文化，臉皺就拉，嫁錯就離。我多位女友都恢復單身，再展少女情懷，勇敢追求自我與感情，真是要得！可是她們也不無怨言，因為除非「和番」，多數「適齡」華裔男人好像並不懂欣賞女人如醇酒，愈陳愈香。一位單身男性「老人」朋友對女伴的年齡要求從二十五年前就停在二十五歲，「逆水行舟」，那個標準現在應該交棒給他老兄的兒子了，他還九死不悔。

六十年代有首名曲：「Where the boys are？」我曾經把歌名文謅謅的翻譯成「鬢眉何在？」如今裙釵抗老，當年鬢眉卻不見長進，滿腦子還是只想找「美眉」。難道要不老裙釵們續唱：「老頭何在？」——Where the old men are？

忽然想到一個出處不詳的台式笑話：

一位歐巴桑特意打扮得花枝招展去拜拜，自己也覺得有點過於慎重，不過向神明致敬，不可馬虎。出門坐上事先電話預約的計程車，運將發動汽車，一面向基地台以無線通訊番號報到：「五一七！五一七！接到客人，五一七！」

後座的歐巴桑聞言大怒，伸手就拍前面駕駛員的後腦勺，罵道：「啥咪伍ㄠ拐？（什麼有妖怪？）恁祖媽今天只是粉搽得厚了一點！」

裙釵不老，不光靠塗脂抹粉，更重要的是由內而外。抱元守一，理直氣壯，隨便糟老頭想挽的女郎是幾歲，說出口的又多麼不敬老尊賢，我輩心中無愧，才能做到寵辱不驚。如是，「鬢眉何在」無有哉！

蟲洞

一位伯母過世了，朋友花了很多時間收拾母親的遺物。感慨即使我們都只初老，也該趁著有時間，把自己的東西，尤其中文的文件類，都收一收，免得以後讓大字不識幾個的ABC下一代為難。我聽了覺得有理，就也回家來整理一番。不過我一向愛丟東西，這類身外物不多。連自己發表過的舊稿也不保存。我是父母親的老來子，年輕的時候對人生就有無常之感，如果一同出遊的男生感覺沒有共同未來的可能性，就連合影也不必了。可是和別人愛照相一樣，我愛寫東寫西，也算是留下一個人生的「蟲洞」（Wormhole）。

老友整理舊文件，說是看到我十幾歲時寫的小品文，叫什麼「我的小樓」，真是嚇出我一身冷汗。倒不是怕那個時候文筆幼稚或思想不夠深刻，而是感覺如果看到那樣的東西像走進時光隧道與年輕時的自己相遇，那就不知掩臉而愧、不敢照面的會是當年感覺宇宙踩在腳底下的昔日之我，還是繁華落盡愧對師友的今日之我。

在先父留下的故紙堆裡找到我在一九七九年十一月十二日發表於聯副的《聯合報》中篇小說比賽第一獎的得獎感言剪報。三十多年後的現在讀來，彷彿看見還是小兒女的自己住在有父有母的家裡，衣食無憂卻為了前途的種種可能呢呢喃喃。回首來時路，已如雲煙而過，未來除了「養生」成不成功，沒有什麼是猜不到的了。難免生出幾分感慨，卻也感覺有趣。值得與君共哂之。

〈「姻緣路」的喜悅〉

在家中我極少機會下廚，偶爾假日裡技癢，主動要求掌勺，總是換來一片噓聲；先是姪女兒們爭相走告：「姑姑要做菜，姑姑又要做菜！」繼而必是吾兄率女兒奔逃：「曉雲要做菜，我們快點回家！」他老兄家在鄰巷，例假日常來報到。

他們這一番做作真是教我面上無光，就偏不放行。正在廚房操作，卻聽見老兄院中大聲課女給我聽：「我們不要不給姑姑面子，等下再分批溜出去吃麵，反正今天一點半以前不會有飯吃。」

廚藝乏人捧場，我也並不氣餒，興致來了，不管有沒有人要吃，我一樣可以忙得十分興頭；有時這「調和鼎鼐」的樂趣，倒也不一定須有識者。

初寫小說，最大的收穫也是在這自得之樂。還記得四年前，〈掉傘天〉獲聯副第一屆小說獎後不久，和好友瑞琦同逛書展，瑞琦捧來一本雜誌，刊有專文大力撻伐〈掉傘天〉的獲獎，說是要寄語調查局諸公，調查該次小說比賽之不公，並應將三萬元獎金追回云

聯合報
得獎者的話
中華民國六十八年十一月二日
聯合報第四屆小說獎
中篇小說第一獎：蔣曉雲
「姻緣路」的喜悅
蔣曉雲
蔣曉雲小姐：民國四十三年生，湖南省岳陽人，師大教育系畢業，出版有短篇小說集「隨緣」。

《聯合報》剪報

云。這番話因為太好笑，竟致難忘，我當時卻生出一更滑稽的感想說給瑞琦聽：「妳看這些人多麼寒酸，三萬塊錢還要寄語調查局追回。將來我一定不靠寫文章，做生意的人有氣魄得多。」

書念了許久，終於畢了業，工作調來換去，每次開始都以為是終身職，卻又都教自己失了望。今年六月，我又離開了航空公司，打算定下心「坐」家寫稿，然而情緒卻甚為低落，因為似乎是離行商做賈的志願既遠，又很懷疑自己有社會適應不良的傾向。於是就在這個夏天，我一面寫〈姻緣路〉小說，一面自我再教育。總還是有點慧根吧，一兩月間，我又發展了一套新的人生哲學出來幫自己行世。

這套哲學此處自然不便細表——不過做個生意人是不想了。凡是思想，不但各人有各人的見地，就是自己的，隨年歲增長，也會改變。我一直佩服別人能「吾道一以貫之」，主要是自己辦不到；就像有人終生只愛看一本《飄》，我也服氣，我是今天新有發現便立時要賴昨天的帳。

這樣的一個人，對自己的小說當然不該發言，就算說了，恐怕隨時也要後悔的吧。然而即使是這樣嘴緊，這樣謹慎，我也必須承認：〈姻緣路〉得首獎雖是始料未及，竟有高明為識者，卻真正教我欣喜萬分感動莫名！

原載一九七九年十一月十二日《聯副》

※

上文留給我的個人歷史疑團是：年輕的我到底當時有了什麼領悟呢？

一路走來，我的人生哲學除了得過且過，好像也沒有其他什麼說得出名堂的「行世」法則？難道三十年前的我比現在更有「慧根」？昔日留下的啞謎已經隨著馬齒徒增而衰退的記憶，真相永無大白之日。雖然明知會慚愧心虛，有時候也不是不想穿過「蟲洞」去找那個說自己情緒低落了一夏，卻顯然還未知天高地厚的小青年作家聊聊人生。

後門桃樹下

張愛玲寫過一個題目叫〈愛〉的短文。第一句就是「這是真的」。說一個十六歲女孩曾經跟住對門的年青人在後門桃樹下偶遇，只說了一句話，卻留下終生念想，歷經人世滄桑後，還一再地說起當年邂逅。結尾的一段是這樣寫的：

「於千萬人之中遇見你所要遇見的人，於千萬年之中，時間的無涯的荒野裡，沒有早一步，也沒有晚一步，剛巧趕上了，那也沒有別的話可說，惟有輕輕地問一聲：『噢，你也在這裡嗎？』」

有某國教授做過研究；發現「愛」不像年輕張愛玲寫得那樣浪漫和恆久；數據顯示男女相愛時會產生特殊分泌影響大腦，科學家做結論說愛情是荷爾蒙作用，而且「賞味期」只有一年。多年前這個說法給了幾個聰明人好藉口，都說不相信也不追求愛情，擇偶的時候拿出全副理智，有的甚至還拿出電腦精算。我親見當年他們花力氣追求「合適的對象」，卻有意無意地錯過了「相愛的人」。

二十歲的我看見愛情眾生相不免感觸，發揮想像力，寫了幾篇大齡男女追尋愛情和婚姻的小說。夏志清先生替我寫序，說我預見了自己世代的「無情」。大陸一九八六年的盜版乾脆把書名就起了叫《無情世代》。我看見網上還有盜版讀者的評論，說是：「偶然的一個機會，讀了台灣女作家蔣曉雲的《無情世代》便再也放不下手。如果說瓊瑤式的言情小說在著力寫一個個『籠著輕紗的夢』，蔣曉雲則是無情地撕開了這層玫瑰色的輕紗，讓大家看到了生活中的人們有著怎樣的愛情與婚姻，這是一個真實的世界。」

一個閨友當時卻跟我說最不喜歡看我的小說，不但打斷了瓊瑤小說對她的愛情教育，也破壞了她對愛情的憧憬。沒有放棄追求的她後來戀愛和失戀了許多次。可惜我們同在美國，卻各自搬來搬去，終至失聯，所以我不知道她的近況。可是這次回到家鄉卻活生生看見當年理智掛帥，選擇了合適對象的幾個朋友，到了初老之年，感情居然都出了狀況；有的痛快離了婚重新開始人生，有的拖著有名無實的婚姻打算就此終老。反而選擇了愛戀對象結為夫妻的婚姻倒都經得起生活和歲月的考驗，如果雙方都身體健康，眼看可以快樂相伴，白首偕老。

一位熟人年輕時相貌美麗，心氣也高，在台灣讀大學時就目標明確，非「公子」

莫嫁。結果喜歡她的名門子弟是紈絝，她看上的名門卻嫌她「寒門」非偶。結果大學讀完了也未能如願「嫁入豪門」。幸好留學美國的時候揮出青春最後強棒，覓得雖非名門也算「公子」的殷實「第三志願」。光陰荏苒，「公子」升任「老爺」，娘子也做了「夫人」。結果老爺尋花問柳，夫人獨守空閨；大美人的人生高潮至此也只剩捧場百貨公司周年慶。有打抱不平的問老爺為何冷落夫人？老爺嘻嘻一笑回答：不嫁給我她也當不成夫人。再說我對她很好，剛買了個名牌包給她，她高興得什麼似的。哼哼，如果我當年是騎摩托車的，她也不會跟我是不是？她的人生很滿足了，要的都有了，要你們瞎操心！

有趣的是談過戀愛卻沒結果的昔日小情侶，倒都互相放在心上。一位男性友人素來相信荷爾蒙，不相信形而上，一生花了很多時間在花花草草上。年屆六旬卻對無緣的純情初戀自稱「椎心刺骨」，連當年人家做的一道菜幾十年後還能記得滋味津津樂道。有人找麻煩，問他：咦？閣下不是素來標榜「自然主義」，不相信愛情？他老兄說：「就因為沒有結局才讓人感覺有愛情。」意思是維繫愛情的前提是不能結婚，結婚就是把愛情送進墳墓。

我的一個閨友當年和她「高中甜心」（High School Sweetheart）小男友分手的時候何等瀟灑，並沒像一般女生那樣找人訴苦。朋友都不知道她傷心。沒有想到她和我講起當年分手的一幕，歐巴桑竟然淚盈于睫。我驚訝地說：「我們都不知道妳這麼難過。」她說：「他很殘忍，說分就分，還說以後連朋友都不必做了。可是你們跟他也是朋友，我不想跟你們說，讓你們去討厭他。所以我就自己跟大家疏遠。我後來這麼努力拚事業，也是要爭一口氣給他看。我沒上台大並不會比他台大的老婆差。」讓女強人眼眶濕潤的是快四十年前的純純的愛。

「我輩」年輕的時候不是以為自己「太上」就是「太下」，初老回頭一望卻都牽牽掛掛，讓我少時寫的「無情世代」遭受到挑戰。其實愛情未必像這些「鍾情之輩」心裡憧憬的那樣，永遠是愉悅、溫暖和美好的；沒有結果的愛情常常只會讓人心痛；這種無形的「心痛」聽說可以痛到引發實體心臟病。哪怕結婚儀式等同愛情的告別式，那也是「將愛進行到底」，不讓人生留下遺憾和懸念，所以芸芸眾生也只能繼續「明知山有虎，偏向虎山行」。

記得年輕的時候有人問寫過幾篇愛情小說的作者在下我，什麼是「愛」？我無話可答，就亂引張愛玲寫的短文，胡吹一下後門桃樹下讓人終生難忘的短暫緣分。等看過張愛玲五十歲以後寫的《小團圓》，我覺得需要向當年的聽眾賠禮：其實我也不懂張愛玲那個「這是真的」寫的是啥，她自己身體力行的是一輩子記恨負心漢，死也不再相見。當年寫

「愛」，大概就是因為含糊，因為一知半解，所以精彩。

多年前一位多情女友和男友分手後，在男的生日那天偷偷送去禮物包裹。我問：「他敢打開嗎？他怎麼知道妳送的不是郵包炸彈呢？」小說作者最會的就是胡思亂想和煞風景；這個倒是從年輕到老幾十年不變。

美國住宅門前的桃樹

天人五衰

「天人五衰」說的是天界的人在壽命將盡時，會先現出衰敗的五種跡象：衣服變髒，頭上花謝，腋下流汗，身體發臭，坐立難安。這是「大五衰」。

我小時候不知在哪裡第一次讀到這個說法的時候，腦中想到的是頭上長了花的外星人到地球上來水土不服，一個一個漸漸死掉的景象。並不能聯想是佛家對天人衰亡的描繪。

反正無論仙凡、人類或天外來客，除了偶像劇主角病危的時候還戴假睫毛，任何生物衰老死亡，逐漸凋零的時候恐怕都景象淒涼不大美麗。

我少年時的一個朋友，長髮披肩，美麗多情，完全是愛情小說中理想女主角的形象，偏偏初戀就愛上了一個在她父母眼中門不當戶不對的痞子青年，在那個父母還很有權威的年代，他們的愛情真是註定了的悲劇。她的父母不准兩個小情人見面。我這個「打醬油的」多次受託，到她家裡去把她約出來，讓她偷偷去和男友見面。我見證著他們的苦戀，心中充滿同情，幾次幫她欺瞞父母。我記得有一次她的父母大概有些起疑，我這閨友怎麼一到就急著走人，就非留我在她家裡多玩一會。她是戀愛起來心裡只有一個他的那種女生，從來我們的話題也只有那個男生。她的父母就在旁邊，難道我們要討論時事？枯坐客廳相對兩無言一會兒後，她就說彈琴給我聽，然後自彈自唱了幾首當時的流行曲。我只記得有首〈我愛月亮〉。俗艷了的歌跟她那種出塵的氣質有點不著調，那突兀的一幕就很難忘懷。

第二年還是第三年，她跟男生說這段感情父母不祝福，愛得太苦，兩個人淒然分手。她卻在分手後不久因為醫療失誤，二十五歲芳華正茂的時候忽然死去了。在服兵役的男友當時連知都不知道，事後去問芳魂埋骨之地，還被不改初衷的女方父母掏了出去。

失意的男友後來和另外一個女人結了婚。他自己不覺得，可是看見的人都認為他太太長得像他的初戀情人。我沒看到本人，可是看見照片也嚇了一跳，心想如果把他波折的愛情故事拍成電影，女主演可以一人分飾二角。

三十多年未見的老友，昔日五陵少年已是初老鰥夫。他說起中年時怎樣陪伴癌末的太太走過最後歲月。他當時拋下事業和孩子，守在不肯讓他須臾離開的病妻身邊。妻子誰也不要，只要他看護，他卻只能眼睜睜地看著心愛的伴侶受盡病痛折磨之苦，他除了對醫護人員咆哮強求增加嗎啡劑量，其他無計可施，她一聲聲的呻吟一次次刺痛他的心。

曾經年少輕狂的他，雖然後來事業成功，生活優裕，卻看起來暮氣沉沉。他說他已經決定此後就是一個人過。因為他覺得自己如果再結婚，而對方先他而去，他不敢再經歷那種絕望的折磨。如果他要先走，他更不忍心把愛人置於他曾經待過的煉獄。

是怎樣的別離苦會讓人害怕得先放棄了相聚歡呢？

我一直想推翻自己寫的不那麼愛的愛情故事，可是當有機會面對一個真實生活中受盡愛情折磨的男人，我覺得還是編出來的大團圓更合乎我的脾胃。我決定把這分悽苦留給韓劇，繼續相信我天道有還的合理人生。

仙凡都要面臨衰亡那一日的來臨。當我們頭上的花冠逐漸萎謝，身體發出臭味，我不知道自己會希望獨自面對，還是用眼睛鎖住那不忍離去的愛人？

未妨惆悵是輕狂

上次來台灣的時候，送了二本自己的書：《桃花井》和《掉傘天》，給幾十年不見的老朋友。少年相識，人家以前也知道我寫小說，得過獎，可是沒往心裡去，大概報上隨便看看，見面了調侃兩句，這件事就過去了；在重逢之前，我應該一直是那個替他做掩護，代約家裡不准來往女友出來的朋友。初老重拾中斷的友誼，他說自己把「朋友的書」鄭重帶上旅途「拜讀」。

「我在溫哥華，剛看妳的書，有問題想問妳。」接到這樣的電話讓作者「喝了一挑」（嚇了一跳）。哈拉幾句，扯東拉西，立刻跑題，想問的沒問就趕緊道再會，不讓中華電信繼續收漫遊費了。

過年時期同在台灣，相互電話拜完年，朋友重提三個月前的舊話，想問的竟然是三十多年前舊作〈驚喜〉中一個女大學生角色的心態：「為什麼外表純潔的女孩子，會輕易地跟個男的出去就發生關係，搞到以為自己懷孕？妳寫的時候覺得她究竟是什麼心理？」

也不曉得朋友是不是從三十多年前故事書裡的公案聯想到自己讀大學兒女的愛情教育？我這不是「兩性專家」的小說作者只能老實回答，當年寫這個故事的時候自己也才二十出頭，什麼都不懂；就聽過一個男生說起和初相識的女生親熱，二個小鬼以為愛撫就會懷孕，其實虛驚一場的「笑話」（那時候講故事給我們聽的男生說的可是自己的「悲劇」），就編了個故事騙稿費。

「應該是好奇，年輕人對這種事都好奇。」老友拜年拜到討論文學，我不能不拿出一點作家的高度來替讀者釋疑，可是自己都覺得說法「很弱」，底氣不足。

放下電話，我細追憶，隱約記得構思和下筆時，確實受到同時輩文友大膽筆鋒的刺激，自己又有點想批判台灣當時性教育的意思；立意頗高。只是小說一登出來，我就被家裡大人罵了個臭頭，還給我起了幾個筆名暗示以後寫這種東西要隱姓埋名，不要隨便讓人知道這是自家女兒。過陣子父母還苦口婆心地分別給我講了幾個「健康寫實」的小說題材；記得我老爸給我講了〈幼吾幼〉的原型，我老媽給我講了〈春山記〉的原型。不過他們對我賦予人物的背景和改編的結果並不十分滿意，最終放棄了對我的文學指導和教育。

做為故事的原創人，我想〈驚喜〉中這兩個虛構的書中主人翁，如果確有其人，到了今天，也是奔六十的人了，他們又會怎麼回頭去看當年的輕狂？男的那個，風流自賞，如果經濟條件不錯，大概就是我在上海或台北看見的那些一妻二妾三女友的「成功男士」；這個人恐怕不會主動去提起青澀時期做的蠢事，當年的「悲劇」如果碰到知情人也就真的成了聊天時的「笑話」。女的那個大學生後來呢？如果家庭幸福，可能都忘了那個吃過她豆腐的男人和這件衰事；如果家庭不睦或失婚，也許想起這個男生，覺得當年也不無可能嫁給他，就會有些「直道相思了無益」，李商隱〈無題〉一類的惆悵；不管怎樣，她的家常日子還是好好的過著吧。

可是這樣沒有回答我老友讀者的大哉問。

多年前我在邁阿密電視頻道上看過的一個有關當地貧民窟女孩代代相傳做單親媽媽的紀錄片；片中即將四代同堂的祖母四十五歲許，媽媽三十歲許，懷抱女嬰的小媽媽十五歲許；她們都領政府的救濟金過日子，前途茫茫。記者問小媽媽：妳的祖母和母親都這樣，妳為什麼要步她們的後塵？

小媽媽說：我愛他，我什麼都沒有，我只能把自己給他。生孩子是我願意的，這就是我的愛情。

也許，我當年編的故事裡那兩個糊裡糊塗就上床的小鬼之間也有愛情？只是故事裡除了懷孕是假警報，年輕的愛情也是假警報，經不起考驗？

做父母的總是為子女操心，像老友就連看小說都想著要取經。可是作者也只是個人生的學員，不敢偷來天火；光喜歡出些啞謎，讓讀者根據自己的所思所得去解。小說作者可以告訴你創作的人物從哪裡來，到哪裡去，可是讀者看的時候卻可以知道他們怎麼想，又為什麼會有這樣的人生故事——讀者萬歲！

二 人在台北

翻舊帳

台灣的便利商店便利非常。我這幾天都在樓下的便利商店打發早點。付帳時聞到架上電鍋裡噴香的茶葉蛋是久違的美食，就買了一個用小塑膠袋提回去。回到家鄉果然小事也能喚起沉睡的記憶，在電梯裡就忽然想起四十年前和一個小男生去看電影的往事。那時候台北的電影院賣茶葉蛋，不賣爆米花。兩個小鬼一人買了一個茶葉蛋放在一只塑膠袋裡帶進去看電影。坐定後我隔著袋子先把蛋殼揉揉捏捏，壓碎了方便去殼。正在操作，旁邊的男生埋怨起來：「看看，妳這個人就是這樣，好好的東西，非要先把它弄爛，就不好好吃！」

「蛤？」我一下沒懂他在說什麼，「你還有更好的辦法去殼嗎？」

等到我把去了殼的蛋不弄髒手就拿出來吃的時候，旁邊的男生自嘲地翻了個大白眼，做出尷尬樣子接過袋子，學我的樣，也在袋裡先把蛋殼揉了個稀巴爛。

這麼愛抱怨的男生當然沒走下去，長大後也沒有再聯絡。昔日的小男生如果今天還健在，也是老人了。不過我相信如果他還吃放在塑膠袋裡的茶葉蛋，應該會先把殼在袋裡壓碎除去再取食，只是不一定記得是哪裡看來的了，多半會覺得自己才是始創。

很多事一起經過，人卻都各記各的。一個中國還兩岸各自表述呢。父母子女情侶夫妻親戚朋友吵架翻舊帳，既然吵得起來，也是因為記憶或認知不同，自己的一本帳跟對方的那本明明記的是同一筆卻兜不攏。

我上班的時候常常主持會議，可是做主席我都自告奮勇兼會議記錄。如果有心栽培後進，我就傳授祕訣：別偷懶，做會議記錄是最好的任務。在某種程度上也算是掌握了話語權。而且既做記錄，就自然專心留心，不會錯過細節。

可是人相處到底不是天天在公司裡開會，既沒有會議記錄白紙黑字為憑，記性好理性強的吵起來就不一定占上風。翻舊帳時推理分析和聰明邏輯都可能不敵大聲公（婆）和厚臉皮。更別提有人還要請出黑道或開山刀了。

我自知生活能力不佳。離開父母家就嫁為人婦，沒有單身過。剛嫁人的時候我也幻想過做個稱職的家庭主婦，拿了本食譜學做菜。一天切洋蔥的時候切到了手，我眼睜睜地看見一個塊狀物飛出去，然後我的手指尖就噴出血來。我大叫一聲，丈夫飛奔過來察看，我用右手緊緊握住受傷的左食指，血從指縫中滲出，我鎮靜地要他別耽誤時間看我的傷，快到洋蔥堆裡去找我的手指，我剛把手指切掉了一截，即時找到還有希望接回去。

當然折騰半晌證明是虛驚一場，飛出去的是洋蔥不是我的一截手指，雖然傷口很深，可是動靜也搞得太大了一點。丈夫覺得受驚不起，所以後來一看見我動刀，就搶著自己來，朋友都笑我使的是苦肉計。我說如果真是那樣，她們也可以來一刀試試。所以一般我們家都吃洋餐，把大塊食物拿到個人盤子裡用不那麼利的刀自己慢慢切。這兩天我一個人在台灣，昨天切芭樂在中指上畫了一下，今天開柚子，又在小指上砍了一刀。看來我真的不太合適獨居。

好友常笑我是「無三小路用」，聽說這是閩南粗話，我們一群雖然常用，其實不明其意。我的瞭解是取一前一後兩字，所以哪怕我也隨時能提高嗓門跟人翻臉，可是想想這樣「無用」，還是別翻舊帳為好。

駐馬望南門

不同「古早」從台灣到美國可以是家人、愛侶之間生離死別的大事，現在飛越太平洋只是「千里江陵」。曾有僑居地的帥姐朋友到年底捨不得浪費手上的升等機票，又沒有時間度假，就花一個週末飛趟台北，啥正經事沒幹，光捧場看了部國片，出來戲院在饒河街夜市買了幾根她朝思暮想的大辣烤玉米啃啃，算上國際換日線切換，台美之間離「一日還」的境界雖不中也不遠了。

新年以來，僑居地朋友看到「啞謎道場」多日未貼新博文，以為是欠缺素材，就問：什麼時候再回台北住住尋找靈感？

的確，到了台北都不用我去找，感慨自然會找上門來。正好台灣有國際書展等等各種熱鬧「相招」，想想確實也到了可以再度返鄉小住的時候，反正是空巢的閒雲野鶴，行李一提，說走就走。

果然台北是靈感之地；才放下箱子，去南門市場買點小菜填充空了個把月的冰箱都能想起兩句唐詩，陪古人「悲往事」：無才日衰老，駐馬望千門。不過我這今人無馬可駐，只是到站下車，望向不知如今安在的昔日台北城門。

看著「南門市場」的站牌忍不住歎口氣，同伴就問怎麼了？我隨時都能浮想翩翩，面對好意，無言以對，只能承認敝人胡思亂想，「扯功」不凡；人家杜甫是當官差的大詩人，有滿腹忠君之思，駐馬望之不忍去的是千仞宮門；我當年一個小孩子，離家時是個小女子，雲遊歸來成了個小老嫗，懷念不捨的是幾座已經走進歷史的台北城門。真該道聲慚愧——確實太會瞎扯，這腦袋瓜裡聯想的都是些什麼亂七八糟呀？

然而我對幾十年前的台北城門確實是很有感情的，強說愁的少年生活和交遊就在那個沒有實體城牆的小小四方陣裡度過，是隻快樂的井底之蛙。倦遊世界歸來，台灣變小了，台北變大了，乘著捷運在老家地下穿梭，我再也不辨方向。姪女跟我講到台北的任何地方，發現不管存不存在實體，姑姑就認自己記得的那幾座「城門」；她們很快學會了在指引方位的時候跟我說：「就是從原來的北門那邊過去……」或者：「從前小南門那裡……」我對新興市區的熱鬧雖然感覺新鮮和方便，卻沒有回到家鄉的感動，至少一〇一大樓就不如西門町紅樓更能激動我的懷舊之情。

只見捷運站名不見南門的南門市場是我現在返鄉後的食物補給站。這個地方也充滿了我少年時代的回憶：我總在這一站等乘欣欣巴士回新店。等車無聊就傻看旁邊店家刀削麵師傅站得遠遠地削他手中一大塊麵團；麵片在他手下成了活物，像飛魚躍水一樣在空中舞蹈，一片片無懼地奔向沸騰的大鍋；削麵師傅的手勢極其流利，百發百中。記憶裡的店是黑和深灰的顏色，只有削麵師傅手上那一大塊麵團雪白。

我應該做過那個看起來衛生並不達標小店的座上客，卻不記得吃過什麼終生難忘的美味——南門市場和那間店，留在我心裡的不是滋味，是一片風景。

也不知道是不是為了這個深植在心的印記，秋天回鄉時，高中死黨問有什麼想吃的家鄉味時，我就問起南門市場的刀削麵到哪裡去了？朋友說早沒了，可是現在的南門市場也很好玩，是個貴婦買菜的地方，就帶著我去「觀光」。我們從樓上賣熟食的鋪子逛起，再到樓下的生鮮食品攤去獵奇；我發現很多有趣的食材，鬧過把海蜇皮當成千張，酸菜當成雪裡蕻的笑話。從老友帶我回去過第一次以後，我就成了那裡熟食鋪的常客。姪女說，姑姑去的就是馬英九媽媽喜歡的那一家。不奇怪，我們的父母是湖南老鄉嘛，味蕾同源；鋪子裡的菜餚都是以前我還在家裡做女兒時桌上常見的，只是馬英九有福氣，他的媽媽還健在，還能去買菜。

我從美國李伯的大夢中醒來，中國盧生的黃粱已熟；即使做夢，我都不是領著瑪麗亞在南門市場買生鮮的台北貴婦。更何況「天可補，海可填，南山可移，日月既往，不可復追」，回頭一望，自己人生的每一步縱使在情理之中，成就卻都在意料之外。雖然「無才日衰老」，比上又不足，可是平安喜樂，不能算賴。只是青春離家老大回，樹欲靜而風不止。看看桌上擺著的三菜一湯：竹筍雪菜炒肉絲、蔥烤鯽魚、梅菜扣肉、香菇土雞湯，好像回到在家做女兒時的家常，可是沒有父母手澤，再地道也是市場熟食鋪裡買來的「西貝貨」。我不再是當年在台北四個城門之間穿梭說愁的慘綠少年，可是正月返鄉，家鄉卻沒有「家」，走遍五湖四海，看過世界歸來的小老嫗真切地惆悵起來。

西門舊址

台北城門

閒坐說玄宗

電視補藥廣告上說「人老先老腳」，我自己的感慨卻是人老回憶多。才沒多久以前，我還篤信往事已矣，只看明朝，是個連「今朝」都不多慮，無可救藥的樂觀主義。可能是退休以後腦子裡盤踞的再不是「軍令狀」上打了自己手印的出貨「死期」（Deadline）；工作壓力不再，一度以為「了」（Quit）了的「春花秋月」又上心頭。而且這次糟糕，前半生佔據多半心思的家庭和孩子都已經「自動化」，上了無我置喙之地的軌道，傾注過許多時間和力氣的事業，也已經交付印信，鞠躬下臺，一旦從習慣了的斗米和油鹽裡又直腰抬頭望起「春花秋月」，不禁要懷疑這次「何時了」？

日子一天天過去，累積的回憶也一天天增加。今年到了歲末，想起的往事特別多。從台灣回到僑居地過感恩節時，商店已經張燈結綵，到處播放耶誕歌曲。我一聽見就懷念起失聯老友，以前常相聚的時候大家都還年輕，可是早慧的朋友總說聽見耶誕歌曲就感傷又是一年芳華消逝。有一次還沒到十一月，我和她在南加州的一個商場裡逛街，忽然聽見「聖誕鈴聲」，她又氣又笑的可愛模樣如在眼前，她笑著罵：「這個歌 drive me crazy! 都等不到感恩節再放了嗎？」沒有想到現在為了刺激消費，從十月底的萬聖節開始播放耶誕歌曲已經成了商場慣例。如果老美哪天開始過「中秋」，那應景歌曲再往前挪了播放可能也不足為奇。

我青少年時期台北沒有夜店，到了這個季節就是開家庭舞會。現在想想當時大家簡直不知道都瘦成了啥樣，大概五坪那麼小的客廳可以擠進二、三十人跳舞？我最近跟朋友去跳森巴健身，練舞教室（Studio）少說也有個十幾坪吧，進來十個胖太太就要小心跳，不然會打到隔壁。那時候的高中生跳舞一般要騙家長是去同學家溫書，不過現在想想，父母就真有那麼笨嗎？滿城少年都一到十二月二十四日晚上就要在一起用功到凌晨？

幸好家鄉現在風氣開放，高中生不用再被迫為了社交聯誼欺騙父母。我節前離開台灣的時候和瑞琦約在捷運台北車站的八號出口碰頭，一出地下差點被嚇得掉下電扶梯；門口站了一排男中高中生舉著寫了日期的大幅布條對著出口大叫：「××中學耶誕舞會，歡迎參加！」我在枯等瑞琦（她又迷路了）的時間注意到這群人中還有個指揮兼「斥候」，原來他們不是亂吼亂叫，這個眼睛尖的會觀察走上來的人群，看見年貌相當的高中女生就發出指令，吼叫的強度和熱情明顯和女生的妍媸與多寡成正相關，這部分看來是自發，不受斥候的暗號影響。這樣的廣告不知道效果如何？我在那裡的二十分鐘之內，被吵得頭昏腦脹，連手機也聽不見，卻沒有看到有高中女生對那幅布條瞅一眼的。

我又想到那位失聯的朋友，十幾歲的我們走在台北的大馬路上，就居然幾次有陌生男生過來邀請去參加舞會。我就納悶了，怎麼和別人逛街都沒事，和她一起就有「豔遇」？被問了多次以後，她終於告訴我們她如何能用眼睛「放電」，可是一樣從下往上，瀏海間隙裡抬眼看人，她做起來如此嫵媚多嬌，被我一學，就「雷」倒身邊所有的人，只能當成笑話來講。不過她的坦白對我很有啟發，我領悟原來男生也害羞，他們在那裡假裝成英勇的獵人，其實只敢追趕對他凝望、請他來獵捕的目標；他們害怕裝成老虎的小貓，卻大無畏地追隨看起來像貓的老虎。

留學的時候，我這位朋友有次到南加州找我，感歎聖誕夜沒有愛侶、沒有舞會真淒涼，我們就找了一位男性朋友一起去學校中文團契辦的聖誕夜舞會，門票二元一對。那個男生跟收門票的同學套交情，一行三人，要付二元就入場。講僵了沒有面子，堅決不能多付，要帶我們從後面的落地窗溜進去。男生說不是多二元的問題，是原則問題，我們是三人一組，不是「兩對」或「一對半」。女友堅持不跳窗，說她願意自己出那二元，也是個原則問題，不能為了省二元逃票。該我不願意了，我也要出二元，誰跟誰都不是一對，誰是該免費的那個呢？後來因為大家都講原則，我們終於沒進場去跳舞慶祝聖誕夜，而是去旁邊還開門的猶太人咖啡館喝咖啡、吃蛋糕，臭蓋過節了。

往事如橋下逝水（Water under the bridge），又是急景凋年，那位講原則、拒付二元的「尖頭鰻」不幸英年早逝，永留追思於朋友心中。我那聰明美麗的女友又於今安在呢？

阿扁的阿姑

在一起從僑居地返鄉的老友家裡過除夕。和她八十六歲的母親一淘，四個人圍爐。伯母在台獨居，把跟了幾年的菲傭調教得像來報恩的精靈。老太待菲傭很好，說：人家離鄉背井，在家裡也是別人的女兒。

伯母聲洪氣足，待人慷慨，廣結善緣，朋友很多。她說起自己怎麼照顧自己。

「那時候新裝的那個路燈剛好就照進來我的臥房，窗簾也遮不住，晚上怎麼也睡不好。」伯母多次投訴：「打了很多次電話，幾個單位踢皮球，搞了半年。」那個時候陳水扁當台北市長，「我就生氣啦，就打電話去找陳水扁。」

「您貴姓？」市府辦事的人問。

「姓陳。叫阿扁來聽電話。」伯母的確姓陳。沒胡說。

「啊恁阿扁啥人？」市府那邊又問。

伯母火大了，說：「阮啥人？阮阿扁伊阿姑啦！」

伯母說，咦？後來當天就來修了，把路燈轉個向，對正街道，別對著她老太太窗戶就是了。多大的事，還要請出「阿扁伊阿姑」才辦成。

吃年夜飯的時候，我盛讚菲傭的好手藝。伯母說上一個更好，教得都回家鄉準備開中國餐館了，可惜雙方都想繼續賓主關係，卻留不下來。女兒說好像最近通過了一個俗稱「陳長文條款」的新法規，以後可以留十二年了。我不解為什麼不像香港那樣全面開放，請得起的就請。台灣自詡開放，弄這些條條框框來限制外來雇傭，是不信任市場機制嗎？

伯母來勁了，把筷子一拍說：對，應該開放！我打電話給馬英九。想請的就可以請，想留的就可以留，這才對嘛。

女兒就笑她：妳不姓馬，妳不能說妳是「馬英九的阿姑」，看誰理妳？

「我就說我是馬英九的阿姨，不行嗎？」伯母大聲地反駁女兒。

我們趕快同聲稱善。我還嘴甜而由衷地說：「潘媽媽，你不但是阿扁的阿姑，馬英九的阿姨，還是我的偶像哦！」

窈窕淑婆青春夢

榮升「半百老嫗」好幾年了，同年好友卻都不覺老之將至。有一次我剛開了個頭脫口說出「我們歐巴桑——」，就被朋友搶白道：「喂，妳自己想當歐巴桑就當好了，不要扯上我。我可不承認我是歐巴桑！」

對，她還穿過膝的長靴和迷你裙，只不過從前露一截雪白大腿，現在露一截各色彈力襪（Leggings）。

前些天有個年紀大兩歲的老朋友寄來電子郵件，大方地把女人錙銖必較的年齡四捨五入，自稱六旬，說預期再過不到十年自己就「乾癟」了。這讓滿懷希望即將去台灣針灸減肥的我既吃驚又洩氣，不但被提醒年紀已向花甲大關挺進，而且「乾癟」的那天好像也指日可待。既然如此，那還減什麼肥？像現在這樣又富態又福態豈不挺好？

有兩位伯母最仁慈，常施口惠，每次見面都異口同聲讚美：胖得好看，皮膚多好，一根皺紋都沒有，年輕相。朋友之一說：「我媽眼睛不大好。」另一個對她媽媽大叫：「媽，妳別再鼓勵她了。為了健康她也不能再胖了！」

數年前幾個好友一起去上海玩，聞名到古北區一家餐廳吃台菜。飯館生意鼎盛，一座難求，客人都擠在門口排隊等候。有一位年紀輕輕的上海小姐態度倨傲，用大音量指責帶位的小妹，大概是怪小妹沒搞清楚先來後到，帶了後來的人先入座，或是未辨哪位才是真貴客之類。台灣口音的女老闆出面陪不是，好話說盡，年輕女客還是不領情，發完飆後，吆喝同行的歐里桑走人。奧客前腳出門，受了氣的女老闆後腳就用台語開罵。我剛好站在她旁邊，她面向著我碎碎念，就像我是她訴苦的對象一樣。我多年沒有機會使用方言，忍不住用已經不太純正的閩南話接腔道：「甲攏都生一個，好額人嬰崽，Spoiled，呃，寵壞了。」一完蛋，太久沒用，腦子裡原來列為「第二語」的閩南話竟和大膽竄位的「第三語」英文講混了。

女老闆聽到鄉音忽然發作，放大聲量也發起飆來：「啥咪嬰崽？那個查甫甘會是她老爸！看她那扮勢，想也知道是她的Sugar Daddy。」後來攀談，女老闆說自己從台灣到洛杉磯住過很久以後才到上海開店。

那時我在上海還算觀光客，不知道古北區以何出名。旁邊身材苗條打扮入時的單身朋友笑道：「在古北區可不能隨便找人抱怨，只有妳一看就是大老婆相，不會出錯，所以她對著妳講。」

我在北京跟人說話都拿出小時候演講比賽的國語，該翹舌的絕不偷懶，再把發音部位稍微調到鼻腔，重點是要把所有的第二聲和第三聲發清楚，不可混淆；如果不充內行亂用什麼在地俚語，那就幾可亂真。在大陸景點門票分內外賓的年代，我憑這一手還被賣過內賓票，那省下的幾文，遠不如糊弄到人的快樂。多年前去北京旅遊，一整天那位北京導遊都沒有像從前遇到的在地人那樣讚美我的京腔普通話，到了傍晚實在忍不住了，就自己討賞道：「像我這樣到路上問個路，沒人聽得出我是國外來的吧？」年輕的女導遊含羞笑道：「您這口音是聽不出來了，不過您這身材……」上世紀大陸上的人營養沒現在這麼好，瘦骨嶙峋的導遊小姐像那時護城河邊還沒鏟除的柳枝在風中一樣亂顫，為自己的幽默笑得連話都說不下去了。有時候，我還真欣賞老外對人永遠只說客套話的虛情假意。

經過這幾年實地考察，發現亞洲女性真是肥人少瘦人多，像我這樣在美國堪稱「正常」的體態，到了亞洲地區夠格參加「小象隊」。想我當年做台灣小姑娘時也是吃不胖一族，只是橘逾淮為枳，既逾太平洋，陽明山瘦橘子也能長成加州大葡萄柚。以致新朋友看見我的舊照認不出來，老朋友見到了本人也一時不敢相認。

「復出」之後常常有地方要求照個相、露個臉啥的。我雖然深信「人之妍媸不過皮相厚薄」（Beauty is only skin deep），可是既然重履故土，就該入鄉問俗，不好隨性出來嚇人，乃正經思考以竊認為不近人情的家鄉標準為減重之參考。上次赴台時就依朋友口碑掛號針灸減肥診所。第一次去要排隊，偌大的候診室坐滿了清一色女瘦子，要不是有我和朋友兩個充數，不知情走進去的人會以為來到增肥診所。自己並不像根竹竿的女醫師採取流水線程序SOP，連把患者衣服撩起來露出肚皮都是助手的前置作業。當我扎完針滿懷希望付了五千台幣離去之前，前檯鄭重交付兩張「飲食須知」，切囑要嚴格執行，否則功虧一簣，自己就是罪魁禍首，不能怨醫師不靈。

我一看，咦？這不像美國流行過一陣的「南岸減肥餐」（South Beach Diet）嗎？什麼蛋一個，肉一小塊，別吃澱粉，叭啦叭啦，**Blah Blah**。我氣得對朋友說：「如果照這樣吃，不來挨十次針，也一樣會瘦。難怪妳來過還會復胖，幹嘛還來？這樣吃得比鳥還少，誰不瘦妳打我！」

被洗了腦的朋友把復胖的罪孽一肩承擔，只怪自己上次瘦成少女時代體重後，也回到青春期的百無禁忌，大吃大喝。她說：「當然還是要來，扎了針我才不覺得餓。而且一想吃了不該吃的，五千塊就白花了，才能抵抗美食的誘惑。」

所以說人和人怎麼會想得一樣？我總不至於坐十幾個小時的飛機來到世界聞名的「貪

吃之都」遵行「南岸節食」吧？機票錢可遠不只五千台幣啊！我掙扎了一下午，覺得即使扎了針果然沒有食慾，卻還是不能對第二天的上等日本料理邀約說「不」。我拿起電話就把下次扎針約會延了它三個月。在那之前，讓我張開雙臂擁抱久違的家鄉美食吧！

不過彈指功夫，三月期至。這次我的任務是「重新學習在台北生活」。我給自己訂的第一指標就是「融入」（Blend in）在地人的形貌。這就讓我記起有次和香港友人相約中環，人山人海中她筆直向我走來，我正納悶這麼多人她竟能一眼看到我，她就笑嘻嘻地說了：「老遠就看見一個美國婆站在那裡……」後來解釋因為我一身美國品牌的旅遊打扮和中環穿套裝的ＯＬ（Office Lady）大異其趣，以致鶴立雞群。信不信由你，反正我是信了。

B 榮譽榜

姪女們經營的補習班在西門町，十幾年了，在公司的時間比在家裡還多。她們自稱「西區小姐」。我很喜歡去她們的辦公室坐坐。台北只剩這一小片地區還讓我覺得有幾分熟悉和親切，少少地保留了一些幾十年前我青春記憶中的城市面貌。姪女們慷慨地說這個頭銜也算我一份，因為西門町是我長大的地方，我是祖媽級的「西區小姐」。

台中上來的朋友也是「西門町嬰崽」，邀我去紅樓喝茶，說如果在台北想懷舊，只有還沒拆掉的紅樓戲院附近有幾分舊時樣貌。台中朋友又帶了個西門町土生土長，一輩子沒離開過的在地朋友來。做介紹的時候說：這位蔣小姐是「作家」。在地朋友就答應道：「哦，做呷？做哪一方面的呢？我有朋友在這一帶賣雞排，生意不錯哦。」三方搞清楚以後就大笑，在地朋友自嘲生活圈裡沒有「作家」，只有「做呷」，閩南語裡是做吃食生意的意思。

大家都在西門町長大，三個人聊起來，發現還是小學時候的前後校友。喝了茶就漫步去「母校」看看，一路指指點點相互挑戰記得的兒時店家：

「記不記得這裡有個生生美容醫院？」

「記不記得這裡有個白熊霜淇淋？」

「記不記得這裡有個美都麗戲院？」

陪伴著長大的店都不在了；景物好像熟悉，其實全非舊時商號。台中朋友說起自己的母親已經失憶，我們這些兒時舊事也不知道還能記得多久呢？天上下著小雨，在地朋友帶路去吃將軍廟前的五十年老店小吃，可是那彷彿天外飛來的高架路遮住了我小時候在那裡玩耍過的水門和堤防，我也就提早失憶，對據說並沒有改變的寺廟一帶也沒有印象。而且幾十年沒吃過，忘了家鄉正港魷魚羹的味道。沒有對照組，珍珠也只能當成魚眼，對這五十年未變的美味無法領會。而且後來擔心的事情果然發生了。幸好在無法忍耐之前就已和朋友道再會，衝進了在附近的姪女辦公室解決大事；情形之凶險，一再被姪女笑問：姑姑妳在外面吃了什麼呀？

我哥哥一向愛吃，雖然父母反對，可是他常瞞著大人帶我到處吃攤子上的東西，所以我從前對飲食環境衛生並不講究。只是女人老了會愈來愈像自己的母親，也不知道從什麼時候開始我就發展出些潔癖。只是碰到小學校友，不能掃興，其實下箸的時候是抱著一點拚死吃河豚的心情。不過湊趣（或叫不掃興）也算是我這個人的美德之一，就豁出去了。沒有想到老牌西區小姐卻扛不住老牌西區小吃，敗下陣來。

這讓我想到來台灣之前兩天，抽空去洛杉磯看兒子，一家人在蒙特利公園市到處找衛生達標的餐廳。

其實根本不是吃飯時間，可是開六個鐘頭車才到地都餓了。身為地主的兒子問大家想吃什麼，我說既然來到洛杉磯，當然吃中國菜。我們就憑記憶來到了有小台北之稱的蒙特利公園市找從前去過的知名餐館。到了門口，兒子猶豫地指著門口大大一個英文字母「B」跟大家說：市政府替所有餐館的衛生評分，只要沒有蟑螂橫行，或者看得見的垃圾滿地，大概就能得「A」。兒子常常外食，他說他住的城中區也不是什麼好地方，這可是他在洛城看見的第一個「B」級衛生標誌。他開玩笑說：「我知道拿個A不難，可不知道要多髒才能得到B。」

經他這麼一提醒，全家都決定不進這家有名的中菜館，要另外找一家貼了「A」的才進去，求個安心。結果把附近幾個小商場（Plaza）轉遍，除了一家泰國菜館，其他竟然大門上都是「B」的貼紙。我們從非晚飯時間找到晚飯時間都沒結果，我說就改吃泰國菜吧。兒子覺得不能這麼就放棄，看見前面一家火鍋店剛開始晚餐營業就生意鼎盛，我心想，火鍋店連廚房都沒有的，生意又這麼好，不可能得不到「A」貼紙了，就興沖沖地帶大夥趕過去。到門口卻又看見貼了一個「B」。可是同胞們都「沒在驚的」，居然已經排起隊來等吃打折的「早鳥餐」（Early Bird）。

我疑惑地說：會不會洛杉磯中國餐館的最高衛生級別就是「B」呢？

兒子給我一個大白眼，說：老媽妳這標準也太低了吧？

我跟他提起他小時候糊弄我的事情；不像別的亞裔孩子學校裡都拿全A，他拿了全B回來。一本正經地跟大人說自己上了「B榮譽榜」（B Honor Roll）。我說沒聽說過有「B榮譽榜」啊？人家同學媽媽車子保險桿上的貼紙都只見過「我兒是A榮譽榜上的學生」。問他的貼紙呢？他說：噢，那都是花錢

舊時西門町

買的，我替妳省下了。

現在是法學院優等生的他又給了我個大白眼，說：老媽妳就這種事的記性最好。

那天晚上最後在「小台北」吃的是門口有「A」貼紙的泰國菜。味道不錯，闔府盡歡，回去也沒有人搶廁所。

返鄉首日

過境東京正鬧颱風。秋颱厲害，風雨交加，飛機停在空橋旁等候超過半小時，機身搖晃不已，駕駛長特別播音要乘客別害怕，說是咱們的飛機雖然晃動如風中之舟，可是安全無虞，如果你實在怕得不行，可以提出搭乘下一班的要求云云。日本塔臺加強管制，五分鐘才放飛一架，很多航班都延誤。我被拖累到深夜才抵台北居停，卻不會開瓦斯，洗了個冷水澡趕緊睡了。今天兩個高中時代的好友帶了點吃的來救濟，二人都盛讚空蕩蕩的新居沒有多餘的東西。後來才發現該有的也都沒有，囑我寫張單子哪天開了車帶我去採購。

回到家鄉的第一天就窩在家裡，哪也沒去，和從前是文藝青年，現在成了文藝老年的朋友，像昔日一樣愉快地圍坐度過。她們說少時同遊，總是一人捧著一本書，或者拿著紙筆書寫，現在也一人拿本筆電，還是一面聊天一面閱讀一面打字。她們看到我把在候機時寫的〈心理醫生〉一文放上網，也問起我的寫作計畫，我以為她們會怪我不務小說正業，花時間玩Blog，沒想到她們居然說很喜歡讀這些短短的遊戲隨筆（其中一位在我復出時還曾說因為我對自己的肚臍眼遮掩太過，不看好我寫雜文，囑我專心寫小說，不過她聲稱已經忘了自己去年的慎重叮嚀）。

瑞琦說博文中最喜歡的是那兩隻小狗的故事。我們兜了一會，才確定她指的是〈傻妹和英雄哥〉一文。她強辯年紀大了，喜歡歸喜歡，講的是小貓還是小狗就有點搞不清楚了。從小愛好文學的讀者都走神成貓狗不分家了，所以我花大精神寫的小說，好友們哪怕是中文系科班出身，讀起來說要正襟危坐，花些力氣，不是妄語。

不過本省籍好友竟然說因為我寫「民國素人誌」加上今年是民國一百年，到處在談辛亥古人，才讓她對民國史產生興趣，開始關注。這很有趣。我第一次想到她的父母不像我的父母一樣把民國古人當成時人在晚飯桌上評論，給我留下片斷卻深刻的印象。我父親身份證上是「民前一年」生人，家族裡他的同輩有人失意於前清功名，也有人是革命黨。所以我總覺得連推翻滿清也不過兒時舊話，好像面對家父就有去古不遠的感覺。不像朋友一輩子是中華民國國民，講到民國歷史卻感覺是「身在此山中」。反正民國在台灣是個國家殆無疑義，在別的地方說起來卻成了「朝代」是有點說不清。友人因為對民國史感覺興趣，大量閱讀有關資料。我們一面聊天之間，她打了幾個電話去社區大學報名聽演講什麼的，還居然到處額滿要請她候補。

我不禁讚歎台灣的人（其實兩岸都是）都很好學上進，活到老學到老。不像美國人很多把玩當成一生大事，從出社會就開始憧憬退休時要怎麼玩。兩岸初老之人可能多數年輕的時候都沒學會玩，老了就更學不會也玩不動了，只好繼續上進，走進教室把課一直上下去。朋友大概覺得我返鄉首日就膽敢提出這種皮毛之見，不甘示弱地說看我的隨筆雜文和近期小說，觀察去到國外的同齡人怎麼都這麼活躍，還有精力鬧感情糾紛？簡直一個一個老而不「休」！

對這個話題的挑戰，我一時沒有資料可以支援辯駁。誰讓她引用的是我信「手」雌黃的博文和胡造瞎編卻希望以假亂真的小說呢？不過如果我就身邊四位死黨來取樣：上飛機前晚一起喝了點小酒，在美國的那二位，和返鄉首日一淘清談喬節目，在台灣的這二位，那確實是台灣的這二位都保留了三十年以上的配偶，美國的二位卻都恢復了單身多年。不過四人樣本實在偏頗，可信度低到連我這麼不負責任都不敢採用。

我把中美好友像X教授戴上變種人搜尋器一樣過了過，想了想，告訴她：依個人淺見，美國的朋友好像都比較健康愛運動，台灣的朋友都比較注意養生重保健。有健康的體魄才能有不安分的心思，也更有機會忽視生理年齡，起而去追尋包括精神和之外的戀愛。注重養生就全心關注自己和家人的身體，把情緒交給電視政論節目的名嘴代理，也更需要留著（進而珍惜）身邊老伴來聽發牢騷、陪散步和打精力湯了。

返鄉首日就在和四十年老友拌嘴說笑懷舊清談中快樂地結束。是為記。

俯瞰台北

仁與不仁

先掉一段書袋；不喜歡文言文可以略過，不會影響閱讀全文：

孟子曰：規矩，方圓之至也；聖人，人倫之至也。欲為君，盡君道；欲為臣，盡臣道。二者皆法堯舜而已矣。不以舜之所以事堯事君，不敬其君者也；不以堯之所以治國治民，賊其民者也。孔子曰：「道二，仁與不仁而已矣。」

我的刪節版領會就是——孟子說孔老夫子說的——世間的道理只有兩個選項：仁或不仁。

和四十年前的老友相聚有敘不完的舊。和朋友聊起為什麼一個班上幾十個人，我這坐在最後一排的高個子卻跟坐在第一排的瑞琦結為莫逆？這就談起一段高中時的有趣往事。

那時還只交情一般的日後死黨瑞琦是國文老師的「愛徒」，老師對我雖沒像對她那麼看重，可是我想自己還是在老師的欣賞學生名單之上。這位老師的先生那個時候在攻讀中文博士，可能研究課題與孔孟之學有關。我們國文課又大概正好在上論語。素來敬業，當時又崇拜丈夫學問的國文老師就把她教的幾個班組織起來，安排放學後在一個大型視聽教室裡讓「師公」給我們課外加點，上上大學程度的論語課，主題是「仁」。

階梯式的教室很大，放進去百來人剛好坐滿。瑞琦平常是坐在最前排的乖學生，那天為什麼會坐到後排已不可考；以我後來對她的瞭解，因為找不到教室所以來晚了沒得座位挑選，或者想走階梯大教室的前門卻走錯了後門下不去到前排，都像她做得出來的事。不過她好像認為那個時候我們已經是好朋友，所以她是跟著我跑，而我一向要挑天高皇帝遠的位子才肯落坐。

反正結果是那次上「仁」的課外課，瑞琦就坐在我旁邊。我可能一如平常；老師在上面講課，我在下面發表點意見。平素坐老師鼻子底下上課的乖學生當然不懂怎麼在台下避開老師的目光偷說笑，就可能笑出了聲音還是動作幅度太大，反正這個沒經驗的鄰座就傻兮兮地引起了講壇上師公講師的注意，發出警告還被置之不理（可能因為被抓到的自認並非禍首），就把他給激怒了。

「像後面那位同學就是『不仁的人』！」講師很生氣地指著他夫人的愛徒大聲斥責。我雖是共犯（其實可能是主犯），可是我有經驗，台上的人完全沒發現另有始作俑者。

「妳不想在這裡聽講課，妳就出去！」講師非常堅持，沒有罵罵就算了的意思。他和犯錯的學生僵在那裡，表示如果這個講話的學生不離開，他就不繼續授課。

在學校一向很乖的瑞琦哪裡經歷過這個？簡直快哭了。我趕快收拾兩人書本，拉她站起來向遠方講台旁的老師大聲說了聲對不起就向外走。我到今天都還記得國文老師看見被丈夫趕出去的竟是兩個得意門生的驚訝表情。師公講師發現原來罵少了一個，就在我們身後大聲地補充：「像這兩個同學就都是『不仁的人』！」

從來沒被老師這樣責備過的瑞琦出了教室就哭，覺得遭逢奇恥大辱。雖然傷心，她還是對我表達感謝之意，覺得我太夠意思了。我根本沒被逮到，卻仗義地陪她一起被趕出教室。碰到這麼丟臉的事，要不是我拉她出來她真不知怎麼辦。

我趕快安慰她，這是多出來的加堂課，又不是非上不可，我早都不耐煩了。被趕出來正好早點閃人，是求之不得的好事呀，千萬不用謝我，我還應該謝她上課敢偷說笑卻不會躲講師的目光，給了我們提早下課的好機會。後來的事我不記得了，不過瑞琦說我邀她去吃紅豆冰，在冰店裡一再保證她不會有事。果然那位仰慕丈夫學問又敬業的老師此後對加堂課的事情隻字未提，好像那原本不必上的課從來沒發生過。只是害乖乖牌的瑞琦白擔心了好幾天，不過她也就此發現原來在她印象中素來調皮搗蛋，上課愛講話的同學，竟然不怕老師，還能共「患難」；遇到麻煩沒把同伴丟下不管。

在我的記憶裡，後排的我和前排的瑞琦就是這樣做了好朋友。當然，她可能另外有一本帳，不過這是我的文章。

既然被師公講師趕出來了，「仁」這一堂課我就一直沒上好。如果沒記錯，國文老師的先生引經據典地說了半天，我聽起來好像「仁」就是「愛」。說「愛」太直白，「仁」聽起來複雜很多，顯得比較有學問。A＝B＝C，「道二，仁與不仁而已矣」，我就理解成世事可以「愛或不愛」二選一。

我本來一直覺得上課不好好聽講，和鄰座聊天固然不是好行為，卻跟「不仁」不搭界。可是如果仁就是愛，那我「不愛」在下課後花時間聽老師的丈夫講課，也算「不仁」。而且後來我又學到「以愛己之心愛人則盡仁」。如果衝這一說，當年師公在我背後罵的那句就沒罵錯。我做人彆彆扭扭，強分親疏遠近，從沒做到過「以愛己之心愛人」，所以確實不是個「仁人」。

前些天出版社轉來一本香港讀者贈書，還附了一封信，開頭就寫：

「您好，我是您的忠實讀者。自從看了您和朱天文的對談之後，總覺得不好跟您通信，這大概是很主觀的印象，覺得您不像康芸薇、姚宜瑛，甚至於梨華般的可親。」

和天文對談的內容已經忘了，而且信中提到的前輩風度都不是我可以望其項背的，可是蛛絲馬跡都能讓人看出我之「不可親」，顯見和天文講話的時候雖有記錄在側，我還是誠實地流露出本來面貌。

其實我生性並不孤僻，可是除非緣分特殊（比如共過被老師趕出教室的患難），確實很難打破藩籬和人交心。和一位以前在聯合報系先後待過的新識閒聊，她說當時她在辦公室裡就聽說過我這個人，傳言中我對同事是客氣而冷淡的，而且眼睛「只朝上看」。我想了想，當時的同事還真沒有說錯；我幼承家訓，除了熟到不拘禮，待人向來客氣，只是我不知道那樣在同儕眼中也可以是「冷淡」；在沒有去報系任職以前，我已經因為連續得到《聯合報》的小說獎，和報老闆以及幾位投緣的高層熟識，連去《民生報》當兒童版主任都自認是去「幫忙」挽救快開天窗的新版面，沒有覺得謀得一只飯碗或老闆賞了一份「優差」，而且確實救完火就離開了，前後待不到一年。那時候我兼了幾個職務，不但主編《王子》兒童雜誌，幫電影公司改劇本，還幫華視張小燕的一個兒童節目寫腳本，並沒有機會和時間與年紀差不多的同事們發展辦公室友誼。記憶中我在報社比較熟的「非高層」，除了後來不幸車禍去世的名記者劉復興，就是那位一開始看我年輕想欺生的排版工人。我和那位熟練排版工不打不相識，我離開報社的時候除了王老闆，就他請我吃了飯。

自己生性不可親，身邊幾個親朋好友卻都是交朋友的高手，什麼三教九流的人他們都能看得出好處，找得到能起的共鳴。這是一種天才，常讓我佩服不已。我也厚顏請教過訣竅，想要偷師。卻都說沒有竅門，他們就是「人人愛我，我愛人人」。四十年老友說不出自己哪裡做得對，卻顯然覺得能診斷我的不對，她跟我講大白話：「妳就不要看到人一副怪相就對了！」

冤枉！我哪有？

「怎麼沒有，那妳為什麼講國語要捲舌？跟陌生人講話的時候聲音也特別溫柔？還有，妳為什麼臉上總要帶著嘲諷的微笑？」

拜託！我的國語一向標準，如果不是吵架或訓話，聲音當然溫柔。還有，看到陌生人，我都帶著友善的微笑，什麼叫做「嘲諷的微笑」？

我是有點遲鈍（Slow Reaction），對有緣遇見的陌生人需要一點時間來瞭解是不是該有除了微笑以外的反應。這個態度對讀者尤其不公平；想想人家已經看過我寫的文章，可能主觀上已經不覺得我是陌生人，我卻猶猶豫豫，好像說「你誰呀？我認識你嗎？」這種人要我看了，可能也會覺得挺討厭。

還有找上門來說要研究我作品的研究生，遇上了「不可親」到簡直不識抬舉的作者如我，可能會生氣到覺得受到打擊。可是做為一個作者，想表達的都在作品裡了，如果讀者覺得有什麼未盡之意，那是我寫作功夫不到家，沒有清楚表達。否則，如果確有曲筆，那就是有意埋下的「密碼」（code），自然無意解說。

我在創作的時候常常愛心充滿，然而江山易改，稟性難移，和人直面相處就需要緣分和時間。「仁者愛人」，「博愛為仁」，以這樣的標準，「師公」幾十年前果然沒有罵錯。

十分寮紀行

前兩天和老華僑女友吃飯，她忽然問我想不想去看天燈，有人告訴她，既然在台灣一定要去看一次才行。我說咱倆不辨方位，連從永康街走到東門市場都問了三次路，如果去要有人帶才行。

事有湊巧。高中老友當天即電告她要夥同自己的幾個學生去平溪看天燈，邀我同行。我欣然接受邀約，還捎上一條黃魚。兩個老華僑次日就乘捷運趕到集合地點的木柵動物園，一路換車都看到人潮湧向同一方向，我們情緒愈來愈緊張，卻也相互寬慰：沒關係，最壞也不過是像在美國看搖滾音樂會，又不是沒看過把鞋子擠掉，光著腳丫子回家的世面。何況我們跟著一群年輕人，歐巴桑有人照應，不怕！

出乎意料的是，我們仰賴護衛的在地少年郎看見動物園前等乘接駁車的人龍，竟然打了退堂鼓，改弦更張決定去貓空喝茶。人家老師學生之間還有得聊，我們是夾帶的黃魚和跟著第一條黃魚的第二條夾帶黃魚，實在不便去湊趣。我和女友嘀嘀咕咕商量行止，她悄悄問我：是不是這就是草莓族呢？比我們還不能吃苦？這麼一點隊伍就被嚇走了。

我們數了一下口袋裡的新台幣；人是英雄錢是膽，那時候不知道入山道路管制，還想實在擠不過人家，就包計程車來回，於是決定鼓勇脫隊，繼續前進目的地。

結果這個冒險的過程除了新北市大概還沒實施「地平專案」，害得老太太我下車就踩路上一個洞裡，摔一跤磨掉一點油皮，其他一切過程都很愉快。

兩個老華僑都是離開台灣三十多年，跑過世界的歐巴桑，很自然的會把其他地方的旅遊經驗拿來和家鄉的比較。女友邊走邊遺憾，說怎麼家鄉即使在景區，也到處都是鐵皮屋頂加蓋，道路又坑坑窪窪：「應該向日本學學，人家那裡也很多人，住得很擠，可是景區都弄得很整齊。」

我自己的經驗是，每次不小心發表對家鄉這類恨鐵不成鋼的議論，都被在地朋友冤枉成「高等華人心態」；有些台灣人的自尊心特別大，我們現在在人群中摩肩接踵，到處都是耳朵，不如也中肯指出所見優點，要有人旁聽也不會不高興，我就說：「是可以弄得乾淨點，可是交通管理真到位！妳記不記得有一次我們在山景城聽演唱會，出來等了不知道多久才把車子開出去？美國這麼大的場面，交通都是一塌糊塗！妳看這裡從山下就管

INK PUBLISHING 讀者服務卡

您買的書是：＿＿＿＿＿＿＿＿＿＿＿＿＿＿＿＿

生日：　　年　　月　　日

學歷：□國中　□高中　□大專　□研究所（含以上）

職業：□學生　□軍警公教　□服務業

□工　□商　□大衆傳播

□SOHO族　□學生　□其他＿＿＿＿＿＿

購書方式：□門市＿＿＿書店　□網路書店　□親友贈送　□其他＿＿＿

購書原因：□題材吸引　□價格實在　□力挺作者　□設計新穎

□就愛印刻　□其他＿＿＿＿＿＿＿＿（可複選）

購買日期：＿＿＿＿年＿＿＿＿月＿＿＿＿日

你從哪裡得知本書：□書店　□報紙　□雜誌　□網路　□親友介紹

□DM傳單　□廣播　□電視　□其他

你對本書的評價：（請填代號　1.非常滿意　2.滿意　3.普通　4.不滿意）

書名＿＿＿　內容＿＿＿　封面設計＿＿＿　版面設計＿＿＿

讀完本書後您覺得：

1.□非常喜歡　2.□喜歡　3.□普通　4.□不喜歡　5.□非常不喜歡

您對於本書建議：

感謝您的惠顧，為了提供更好的服務，請填妥各欄資料，將讀者服務卡直接寄回或傳真本社，我們將隨時提供最新的出版、活動等相關訊息。

讀者服務專線：（02）2228-1626　讀者傳真專線：（02）2228-1598

廣　告　回　信	
板橋郵局登記證	
板橋廣字第83號	
免　貼　郵　票	

235-62

新北市中和區中正路800號13樓之3

印刻文學生活雜誌出版有限公司　收

讀者服務部

姓名：________________ 性別：□男　□女

郵遞區號：________________

地址：________________

電話：（日）________________（夜）________________

傳真：________________

e-mail：________________

INK

制，沒有通行證不能上來。雖然一定要坐公車，可是巴士一班接一班，沒有停過。方便快捷！」

新北市對天燈節的交通管理實在令人欽佩。幾個站到平溪的接駁車川流不息。從動物園前就有人導流，如果不介意站票，就不必等候。像我們要座位的，也就等了半個鐘頭的樣子。台北客運的工作人員表現專業，執法客氣而嚴厲，車離站時還對著車子揮動指揮棒告別，順便做廣告：「新北市和台北客運祝你旅途愉快！」可是如果有人想偷溜步，從站票隊蒙混上車，就馬上被攔下。這跟我在大陸上的經驗相比，那真是如同雲泥。大陸的秩序管理常常都是聊備一格，連警察也對違規視而未見，有人投訴都懶得搭理。

三十年前在台灣沒有聽說過天燈節，也沒聽說台北縣有個平溪。兩人一直到在接駁車的終站「十分廣場」下了車都不知道自己的所在；和朋友相互說：台灣什麼時候多了這麼個地方？我們在台北長大，別說沒來過，聽也沒聽過！

下車後緩步跟隨人潮向施放天燈的溪谷方向走去，走走停停，我們忍不住一再佇足拿手機拍攝冉冉上升的天燈，怨恨自己忘帶相機。隨著天色漸暗，愈來愈多的天燈讓山谷裡的天空變得綺麗非常。我正看到出神，忽然瞥見路旁一個牌子上寫「十分寮」。

「哈！」我拍了同伴一記，興奮地道：「這裡我來過耶！好吧，也不算來過……」

同伴被炫目的天燈迷住了，對我的獨白沒有表示興趣。可是我卻想起多少年前，還是台灣小姑娘的時候也曾有一次興沖沖地要去十分寮看瀑布，都快到地了，卻又無功折返，這樣也就從來沒有到過那個曾經在計畫行程中的目的地。沒想到幾十年後，卻糊裡糊塗地在無意間來到，雖然還是沒見著瀑布，卻看見如幻的天燈，像深海中發亮的水母，在青鬱林谷間優遊。

離鄉的這幾十年間我走訪過不少有瀑布的景區；我想，再為台灣感到自豪的家鄉父老也不好意思告訴老華僑，那個我無緣親見的十分寮瀑布可以和尼加拉瓜瀑布並提。可是現在叫平溪地方的美麗天燈卻是我走了許多地方也未曾見到，甚至想像過的風景；我想到人生的際遇，又想到一個充滿了文藝腔的片語「華麗轉身」，十分廣場的天燈節就華麗地留在我的手機和記憶裡。台灣小姑娘一度遺憾未能到達的十分寮瀑布，老華僑大概以後再也不會想起了。

寒雨曲

瑞琦在南部過完年才北返。我們聊到天氣，她說台南的天氣好，她討厭北部冬日的雨天，灰濛濛的天氣一連數日，會讓人心情低落；她誇大其詞地說那樣的天氣能叫她生「類」憂鬱症的病。她非常訝異四十多年的死黨，竟從未聽說過個性一向歡天喜地的我，竟最喜歡下雨天，還偏愛台北冬天的寒雨。

首次冬季回鄉，台北又冷又濕，我天天心情大好；覺得這種天氣能出門辦點事就有成就感，不出門窩在屋裡就有安逸感，一天作為不作為都贏，穩—穩，win-win! 哪裡去找這樣的好事？所以天氣愈濕冷，我就愈開心。和瑞琦說笑：早知道作家都有怪癖，一直就覺得我正常得太不正常。現在終於發現奇怪的地方了，就是我喜歡人人討厭的冬雨。

這次是我退休後第三度回到出生地「試住」；夏天住台北是鍛鍊人，秋天不錯，冬天再加上陰雨綿綿就簡直是可愛了。可是跟前兩次一樣，哪怕可愛，沒有任何事情不如意，住了個把月後，我習慣性地開始想「回家」。此生以前的幾次搬遷：幾十年前離開台灣剛到美國的時候，幾年前從美國到上海駐點的時候，甚至其間幾次在歐、亞出超過一個月長差的時候，我都只能堅持到一個月，之後就想「回家」了。

這兩天我睡前必做的網上功課，除了清除 Blog 上氾濫到讓我想放棄這個園地的小廣告之外，就是查看可不可以換張機票，縮短在台行程，早點「回家」。可是睡到早上起來，對窗一望，如果外面霧氣騰騰，青山不青，藍天不藍，看來這天絕對不會放晴，我就覺得人在家鄉，親切得很，感覺可以繼續待到預計離開的時候。

其實我不記得自己以前是台北小姑娘的時候這麼喜歡過寒雨天氣。對台北冬季雨天最生動的記憶跟現在我很在意的體重有關；就是那時候很瘦，真瘦，實在瘦！瘦到穿著大衣都可以鑽進騎摩托車小男友的雨披裡；環著人家當時不足三十英吋的蜂腰，臉貼著那副瘦骨伶仃的背脊卻覺著安全又溫暖，知道有人心甘情願地在為自己擋風遮雨。可是一樣的兩個人，過了四十年，共乘四輪都怕車小。這樣的變化讓人想起來就要失笑。

後來什麼時候開始喜歡雨天的呢？真想不起來了。

我在終年陽光充足的佛羅里達州住過幾年，除了夏日的午後雷陣雨，我對那裡的雨季沒有記憶。佛州不缺雨水，可是我不記得在那裡買過傘，至少出門很少帶傘，因為雨水是暖的，淋淋無所謂；如果是夏天，淋雨其實很舒服；所以除非颱風天，馬路上行人在大雨中從容而行，做其快樂落湯雞享受淋雨之樂的並不是少見的風景。

在南加州讀書、工作的時候，才知道當地下雨是稀罕事；有歌為證，It Never Rains In Southern California。下雨天收音機裡會前一晚就提醒民眾小心開車。因為南加州雨天太少，洛杉磯下場雨像美東下了雪一樣是新聞，人人小題大作，家裡大人、傳媒和官府都盡責地要駕駛當心「天雨路滑」。老家在波士頓的當年室友一聽到這種廣播就對加州人下雨天的大驚小怪嗤之以鼻。有一次南加州連旱七年，到處嚷嚷要蓋海水淡化廠，富裕的聖塔芭芭拉率先蓋了，結果還沒開張，老天下雨了，到現在這個巨大的投資已經閒置了有二十年吧？所以「蚊子館」一類的公共建設也未見得是台灣特色，總之世事常是人算不如天算。

那麼是二十年前到北加州落戶以後我才開始喜歡雨天的嗎？真的想不起來了。

年紀大了的一個特徵聽說是愈早的事情記憶愈清晰，近的反而模糊。可是我不記得年輕的時候喜歡過雨天，卻清楚記得從退休以後一看到外面下雨，就慶幸自己淒風苦雨不必開車出門上班，也不必因為天氣好卻想宅在家裡而感到內疚。後來更是發展到雨天會傻站在山居的景觀窗前看一會兒雨；微雨時看見的是萬物都有雨露滋養，感覺一園花木欣欣向榮；大雨滂沱時看見的是一山愁雲慘霧，鳥飛獸藏，對照屋裡溫暖明亮，就好開心自己有一個能遮風避雨的家。

時光膠囊

舊曆年前出版社安排了一個小型記者會介紹新近出版的「民國素人誌」第一卷《百年好合》。來的文化記者都是小朋友，看起來不比美國家裡的大、小威哥大多少，我就倚老賣老，信口開河。她們問作者台灣文壇今昔之別。我說：以前我做青年作家的時候投稿，報社回函是「感謝賜稿」，現在說「予以留用」。

事實是，在這個功利的社會裡，如果稿費三十年不變，人人就都知道作家窮酸。雖然「復出」以後，我還沒有榮幸遇見過，卻可以想見現在的報社高層看到作家，即便仰慕，也不會像看到企業家笑得那麼甜。

文學不比電影，電影就算沒賺錢，可是外界霧裡看花，虛實難測；「電影人」又多半穿得比作家稱頭，走出去也看起來比較光鮮。幸而近來也有退休影星、政客夫人、企業家太太，不想跟小三、小四或者其他淑女競提有錢就買得到的名牌包，就放眼寫本夫子自道的書，多個「作家」的身份。這真不錯，對闊太太而言，出本書比買個限量包門檻高得多，不是麻將桌上另外三位一時半會就趕得上的；對作家界，也可以拉抬一下人均身家，免得被勢利的社會一竿子打翻。

以前台灣的社會搞特權，可是百姓不富裕，反而不那麼朝錢看。像我小時候「清高」這個詞就不是拿來罵人的（比如「自命清高」），更多的時候是褒詞（比如「作家是一份清高的職業」）。可等我從美國李伯的大夢中醒來，嘿，家鄉的一切全變了樣。可我一抱怨稿費太少，人家就勸：妳不靠這個，別計較！

我要是流行歌手周杰倫或者網路作家幾把刀，我就要大聲說：靠！從前在台灣搞文學，沒有裡子還有面子；現在還是沒有銀子，可居然有時要看臉子！

可是文學作者不能耍粗野，我只好抿嘴微笑，儘量優雅地說：不靠！不靠！我很幸運，我不靠稿費過日子，我花三十年賺夠了生活費才又開始寫小說，現在當是做慈善。

人家聽我話說得酸溜溜，就繼續勸：不要著急，說不定以後妳的小說可以拍電影。如果人家找妳編劇，那報酬就高了。

果然出版社告訴我，《桃花井》受到關注，雖然出版文學作品的出版社沒有主動報名，作品還是被邀請參加台北書展基金會辦的「影視平台媒合」交流活動。上週我得以恭逢其盛。

主辦單位趕上時代潮流，安排了一個類似求職大會（Job Fair）一樣的擺攤活動。就是作家或出版社代表在個大場子裡坐堂，有意願買版權的電影公司就登記一段時間趨前問卦；也就是主辦方提供時空讓買賣雙方彼此認識認識，初淺交流一下，如果有緣，再論其他。

其實求職大會這個方式不差，尤其做為一個初次見面的平台，比捉對上館子吃飯有效率。過去我在企業界常常要參加這類大拜拜，舉凡上台做簡報、下台擺地攤，畫大餅賣愛迪亞（Idea），從投資人口袋裡掏錢的事都不陌生。不過那是企業界，利字當頭，沒有身段和心理問題；在文藝界，我這次算大開眼界，當然也樂觀其成，希望經由這類通路，能讓作家「脫貧」。

想想從前在台灣當青年作家時感覺很高高在上的，可是看看現在年輕作家的處境，不免要對當時《聯合》和《中時》兩個大報的老闆和眾編輯，表達一下遲到了N年的欽佩和感激。原來王老闆、余老闆他們當年，那都是禮賢下士，把小朋友當成上賓待的呀？更別提像副刊的駱主編和高主編，那他們更是折節下交，跟小鬼平起平坐，把一群不識抬舉的傢伙都當成朋友了呀？

老華僑離開台灣太多年，重回「文壇」，不免處處感覺新鮮。感慨多了點，印刻派來接待的編輯小施小姐笑話作者：「曉雲姐好像打開了時光膠囊。」

時光凍結確實是老華僑的特色；我以前有個祖籍臺山的同事在美國中國城裡出生，公司裡要大家搬辦公室，她還查查自己都不大認字的農民曆找個吉日。我們出去廣東館子吃燒臘麵，她還要坳店家「加菜」（加份青菜）；有時候多付個五毛、一塊，有時候人家看同鄉份上免了。據她說，這都是「中國傳統」，以後她還要負責地傳給她身為第四代華裔的女兒。

我做了多年台灣的文壇逃兵，參的又是野狐禪，沒有路數，卻有幸瞻仰過前輩風範。可是回神歸隊，幾位我曾私淑仰慕的前輩竟都作古了，還健在的我也疏於問候，多半沒能保持聯絡。四下一望，發現自己已從小妹妹成了老婆婆，卻沒有傳統可供傳承。

參與「影視平台媒合」盛會歸來，夜得一夢。夢中打開彷彿是小施小姐說的那枚時光膠囊，可是裡面沒有其他，只有一張紙上寫著改過幾個字的顧貞觀〈金縷曲〉名句：

「我亦飄零久，卅年來，深恩負盡，死生師友。宿昔齊名非忝竊，只看杜陵窮瘦，曾不減夜郎僝僽。前輩長辭知己別，問人生到此淒涼否？」

雲淡風輕近午天

台灣面積雖小，地貌多變，天氣也變化多端。我在台南玩了幾天，穿著短袖還揮汗如雨。北返卻聽說台北一整個星期都陰雨綿綿，又濕又冷。在台南的時候也聽說八八水災時南部飄潑大雨到高鐵停駛，台北卻風和日麗，結果政府機關裡下班以後去理髮的、吃老丈人壽酒的幾個高官，掛烏紗帽的掛烏紗帽，被叮滿頭包的被叮滿頭包。

說起水災舊聞是因為和瑞琦去參觀台南台灣文學館時，我問為啥文學館特闢了一個台語文展區？台語文懂的人很少，又不是明定的官方語言，安置偌大一個展廳，結果展來展去都是那幾位的作品，其中唯一的知名人士還是靠罵鄉土小說大師博出位的新進，和其他對「台灣故事」做出貢獻的作家相較，不符公平和比例。答問的人就舉證水災舊聞，說明反對黨吵得凶，連大官都因為在南部下大雨的時候看台北天氣不錯，下班以後沒加班坐鎮指揮救災應變，就被罵下了台，這裡一個小單位，有人會吵，只好遂其所願，與展出內容無關。

老華僑聽說不能同意，因為爭取展出是台語文簇擁群眾的本職，他們當然該吵。可是有人在門口一叫板，官方就嚇得順應，拿公家的資源和稀泥、做人情，息事寧人，那就是鄉愿，對不起納稅人；不過這事本地公民當做稀鬆平常，不放心上，輪不到老華僑說了又被批評有「高等華人嘴臉」，我就「惦惦」默不作聲。反正上行下效，像那幾個水災時丟差挨罵的高官就是跟錯了沒有肩膀和原則的領導。虧得台

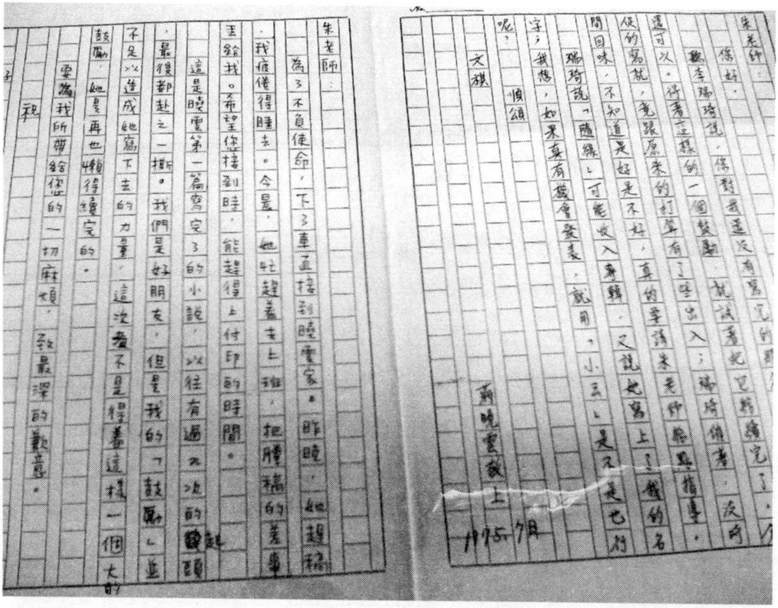

少時書信

北官迷多，連這樣遇事龜縮的老闆，都前仆後繼的有人效力。

除了這個小小的感慨，其實和瑞琦去參觀台南的台灣文學館很有收穫。謝謝蘇偉貞和其他幾位在地大德的幫忙，我們有幸進入庫房一睹三十七年前兩人合寫給朱西甯先生的一封信。信寫在一張五百格的稿紙上，我寫前一半，瑞琦寫的是後一半；當時我在紡織公司當總機小姐勤工儉學，還是文藝青年的瑞琦剛從暑期文藝營冶遊深造歸來；在文藝營裡她曾經受教於朱先生，我則尚未得緣識荊，也隨她稱呼老師。

那年我們二十歲，青春正當時，看見自己完全忘記了的內容和稚嫩的筆跡，興奮不已。抄錄如下，也替自己留存一份回憶：

朱老師：

您好。

聽李瑞琦說您對我還沒有寫完的那篇〈隨緣〉覺得還可以，得著這樣的一個鼓勵，就試著把它給續完了。倉促的寫就，竟跟原來的打算有了些出入；瑞琦催著，沒時間回味，不知道是好是不好，真的要請朱老師給點指導。

瑞琦說〈隨緣〉可能收入專輯，又說她寫上了我的名字；我想，如果真有機會發表，

就用「小云」是不是也行呢？順頌

文祺

蔣曉雲敬上

一九七五年七月

朱老師：

我不負使命，下了車直接到曉雲家。昨晚，她趕稿，我疲倦得睡去。今晨，她忙趕著去上班，把謄稿的差事丟給我。希望您接到時，能趕得上付印的時間。

這是曉雲第一篇寫完的小說，以往有過幾次的起頭，最後都付之一擲。我們是好朋友，但是我的「鼓勵」並不足以造成她寫下去的力量。這次若不是得著這樣一個大鼓勵，她是再也懶得續完的。

要為我所帶給您的一切麻煩，致最深的歉意。

祝

好

學生瑞琦敬上

七月廿二日

瑞琦和我讀了信覺得可愛又可笑，感覺像回到當年。瑞琦說：「妳那個時候的信就寫得像個老太婆！妳看我太幼稚了，什麼『疲倦得睡去』？哈哈哈！」

我對自己信上的老腔老調也很吃驚，難怪朱先生一見面就問我有沒有受張愛玲影響？我自己就從來不覺得〈隨緣〉哪裡寫得像張愛玲，倒是這封信有點三十年代的味道。可能我看多了章回和古典，講場面話的時候就顯得有點文謅謅。可是再怎麼裝腔作勢，那時候就是個孩子，不明白光陰的殘忍，以為青春無敵，流水無情戀落花，遇見什麼福緣都不懂得珍惜。

最近我跟重逢的朋友談到三生石的故事。僧圜澤和李源是今生的好友，約定來世相見；李源在圜澤圓寂以後，過了十來年依約往尋故人，聽到牧童拍著牛角吟唱：

三生石上舊精魂，賞月吟風莫要論；
慚愧情人遠相訪，此身雖異性長存。

李源知道是圜澤轉世，正要前去相認，牧童卻又唱了起來；唱完轉身離去，不知所蹤：

身前身後事茫茫，欲話因緣恐斷腸；
吳越山川尋已遍，卻回煙棹上瞿塘。

老華僑離開台灣超過半甲子，歸來再見青春夥伴，眾人外貌、身材「雖異」，本性可辨；欣喜之餘卻也有恍如隔世的感慨。家鄉春和景明，今日雲淡風輕，有緣看到從前的書信有感，也算我的春日偶成。

愁到夜郎西

和女友在長春影城看了早場電影出來，隨意走進了伊通街小巷中一家看起來乾乾淨淨的小店要了兩份套餐。午飯的時間已過，店裡除了我們，只有靠窗另一桌有先來的四個男食客。我隱約留意到服務生送過去了一份餐，另外三人貌似陪吃，光點了飲料的樣子。

店不大，我們擇了最裡面的座位，還是相互可聞聲氣。不過我和女友多年來在僑居地養成在公眾場所壓低音量的好習慣，兼之我們自己談興甚健，並沒有旁聽鄰桌談話。除了點餐時用眼睛參考了一下旁邊正上著的菜，沒有互動，絕對不可能有失禮之處。

上到咖啡的時候，我和女友都被陣陣香菸味熏得很不舒服，正在到處找菸味來源，後面的老闆娘出來告誡窗邊的男客：本店禁止吸菸。原來有個客人枉顧室內不准吸菸的規定，自欺欺人的吞雲吐霧一下，再把手伸出窗外藏起菸頭。他和老闆娘強辯，菸頭在窗外就不算在室內吸菸。老闆娘不依，同桌客人開玩笑要老闆娘把吸菸的客人「扔出去」。

「他抽菸他不對！」客人指著自己吸菸的朋友跟老闆娘說。雖然說的是玩笑話，聲音表情卻不友善，臉上也無笑意，顯得咄咄進逼：「妳把他扔出去！那妳把他扔出去呀！」

老闆娘看得出為難，卻沒有退讓，堅持客人應該熄滅菸蒂，可是同桌的四個人卻耍無賴，就是要老闆娘把違規的客人扔出去，那個菸客則繼續抽菸；而且好像一皮天下無難事，既然被抓，這下連手上的菸也不伸出去了。

我以為同為花錢的大爺，應該也有話語權，就揚聲客氣地道：「先生，你抽菸也影響到了我們！請你聽老闆娘的，別在室內抽菸。」

那邊的客人顯然不高興有人出來管閒事，就不理不睬，繼續戲弄要嚴肅執法的老闆娘。我跟朋友說：「這裡太臭了，我們走吧。」

抽菸的客人忽然改說閩南語：「伊這攏是高尚的中國人！中國人這高尚就嘜來啦，這掛中國人都沒見笑。」

我只好改說閩南語：「不當吃菸的所在一定要吃菸才是不見笑，叨位郎都同款！」我轉頭對同伴說：「這裡臭迷摸，咱緊走。」

我的閩南話講個幾句其實還算地道，可是離當年台灣「恰北北」小姑娘和攤販吵架的級數已經下降太多，一時之間罵不出什麼有學問的話，只得和同伴說國語：「有些人是怎麼回事，聽到說國語標準的就以為是大陸來的？大陸餐廳現在你在上海請客人不要抽菸，他說對不起，把菸就熄了。這裡還罵人！什麼態度！」

「這個啥米國？這個國無國語啦，阿夠國語？這個啥米國！」幾個惡客不但不道歉熄菸，有一個還無限上綱起來。

同伴是台北淑女，家中三代都興實業，祖父是日據時代穿燕尾服的紳士，平素對過去我們不在台灣的三十多年之間，「台客」被塑造成穿藍白拖，嚼檳榔，張開胯下騎機車，口出粗言的典型就頗有微詞，看到這麼幾個替家鄉失面子的不肖份子來到面前現世，就用閩南話說：「你們講話客氣點！吃菸和哪裡人有什麼關係。」

直到我們付帳走人，那幾個還在那裡鬼扯誰是台灣人，誰是中國人。有人不守店內禁菸規矩，還不服老闆娘取締的惡行就這樣被淹沒在口水裡了。我只能搖頭想到台灣的立法院過去也曾正事不問，質詢官員的時候先問對方是中國人還是台灣人。看來那還真帶壞了社會風氣，起碼教會無賴一個圍魏救趙的辦法。

台灣地方不大，有文獻記載以來就有和「非我族類」拚鬥的傳統：漢番、閩客、漳泉，都有過大規模的械鬥，有的地方甚至同宗不同祠堂的都可以打到死人；正是大圈圈裡還要分小圈圈，不管認不認，其實這正是中國地方特色，到處都有。我讀了點書，還能理解，可是在台北搞到以國語正音與否劃分敵我，就小心眼兼沒有見識到令人不齒。我在大陸的幾年碰到不少來自香港和新加坡的華人，都對台灣從小學國語羨慕得流口水，認為是台灣打進全球最大市場賺人民幣的一大優勢；現在對漢語教育急起直追的還有南韓和日本，偏偏台灣就有人不珍惜「國語說得好」這個財富。以前就聽說有政客拒絕睜眼看看世界有多大，鼓動追隨的人民相信憑台灣可以關起門來過日子。愛國華僑本來樂觀地想台灣人出門多，水準高，不會有人聽聽就自大，這下在台北親身經歷，看見果然有老鼠屎，不免為家鄉前途憂心起來。

忽然想到李白兩句詩：「我寄愁心與明月，隨風直到夜郎西」。對映此刻心境，也算新解。

微笑西門町

中文在我沒有機會大量使用的過去三十年內，起了很多變化，有些雖然無厘頭，還是可以意會，比如說前幾天在西門町看見的白底黑字大看板，上面沒有照片或圖畫，就陽春五大字：「微笑西門町」。無法看圖說故事，讀的人可以理解成在西門町微笑，也可以想像成西門町是個讓人微笑的地方，都說得過去。

可是有些以前沒有聽過或看到的用法和說法卻就真是像大陸北方人喜歡說的讓我「沒法說」了。

退休以後，我訂了美國的中文衛星台以便「趕上家鄉」Update台灣資訊。有一個經常看見的賣鍋子廣告就讓我「抓狂」過好幾天。一位西裝革履的老兄出來推銷他的「一把好炒鍋」。我怎麼聽怎麼不順耳，可又說不出哪裡不對勁。想了很久，才想通。咦？應該是一口鍋嘛！不能因為那口鍋帶了個「把」，就讓它變成「一把鍋」呀！我不確定除了「口」，鍋子還能不能用別的計量詞，我個人是寧可聽到那位西裝哥叫他賣的是「一只好鍋」或「一個好鍋」，就是別說「一把好鍋」。我一轉到中文台看見他出來就擔心，這樣給觀眾洗腦，以後我要寫「一口鍋」，年輕編輯可能會以為是白字，會要我改成「一把鍋」了。

還有一個說法也讓老華僑難受，那就是台灣的記者、主持和來賓現在都時興「做一個動作」；比如美髮示範，就說，現在我做一個綁馬尾的動作，再做一個刮蓬鬆的動作，最後做一個定型的動作就完成了。記者報車禍，就說，遊覽車在那時做了一個超車的動作，小汽車做了一個閃避的動作，悲劇就發生了。

我確信在我三十年前使用中文的時候，絕對沒人做那「一個動作」。

不過語文是個活物，約定俗成就起變化。有些變化實在不像進化，聽得人難受，可是螳臂無法擋車，國文老師只能糾正自己面前幾篇作文，Blog作者只能在網上發發牢騷，那些位在電視上亂做動作，或賣把好炒鍋的卻可能穿房越戶到家放送，造成影響。

走在西門町，雖是兒時故居所在，又是當年少男少女的舊遊地，努力回憶，也看不出哪裡是哪裡了。好不容易看見一塊熟悉的招牌，坐進快被拆掉的明星咖啡屋懷懷舊，卻也不記得內部原來是那樣的裝潢。再又碰到帶著牙套，說話「蚊子哼哼」的服務員，弄得我像重聽了一樣。連她說「不好意思」，我都要再請問幾遍。加上我的標準國語，不用人家說，自己都覺得像個「陸客」。

從明星出來，過馬路的時候剛好鑽到一群陸客中去，對面黃燈閃爍，這群人在這頭耐心等候。等了很久很久，路上沒有來車，可是也沒有變燈，陸客入境隨俗，都守規矩的不過去。我約人的時間接近，可是老不變燈，如果闖黃燈豈不替家鄉在陸客面前漏氣？我只好打電話給約的人說還在幾條街外等著過馬路，可是黃燈五分鐘了都不變色，要晚一點到了。那邊約的姪女笑得高興，說：姑姑，人行道上閃黃燈是提醒注意兩方來車，不會變成綠燈啦。那陸客在這裡守候什麼呢？原來他們在路口集合等遊覽車來接人。不明就裡的老華僑就陪著窮等，在自己家鄉做了土包子。

哦，原來「微笑西門町」也可以是把地名擬人化，說西門町在對我哂笑呢。

鄭衛之風

這天沒出門，沒訪客，寫不出東西，讀不進書，看了一整天電視。台灣電視清談節目特別多，有些專門針對婦女，教教美容，談談小孩教養、女性保健之類。一大早看見一個節目在討論產後照護問題，我這才領悟到我僑居了幾十年的地方果然是清教徒立的國。

台灣電視清談節目中那些素人女來賓，個個嘴上能跑馬，明明正在談產後做月子風俗不同各國如何進補，卻扯到產後兩性生活。來賓把夫妻關起門以後的事拿到電視上大方放送，現身說法。聽說上一次節目不過千把台幣的車馬費，竟然這樣犧牲。

滿意不滿意？女主持人以大哉問引導結語。

滿意，滿意！女來賓比了個大拇哥。

難怪！我最近寫的「民國素人誌」小說像〈北國有佳人〉和〈珍珠衫〉都寫到婚外情。偷情的過場攸關將來故事發展，模糊不了。有幾段香豔得作者下筆時都怪不好意思。

稿成請親友團試讀，還要先做解釋，撇撇清，說是自己年紀大了，也就葷素不忌了等等。結果住清教徒國家的華僑親友說：哇，苗頭不是「一哀哀」！見怪不怪的台灣親友說：咳，這也太含蓄了吧！

瑞琦「姐姐有練過」，會說立場模糊說了等於沒說的官話。她說，作者啥也沒寫，讀者還能看得臉紅心跳，才算本事。可是我的情況是作者寫得臉紅心跳，卻有親友團台灣成員笑是小兒科。要不是看見也有老華僑親友嚇得不敢置評，我還真得拿回來加點鹽。

台灣報章雜誌和各有線電視台已經把台灣閱聽讀者口味養成重鹹，連編輯下標題也都語不驚人死不休。為了舉證，我隨手上了個報紙首頁，果然大標題就有「三十二C美乳大解放」，以前還看過「G奶縮水成D奶」，「某某C奶強碰某某D奶」之類。電視新聞也一再強調某女星的晚禮服「大秀事業線」、「半球吸眼球」、「露八字奶打敗爆乳裝」等等。反正是用字不怕粗俗淫穢，就怕觀眾看見女星的低胸華服不夠胡思亂想，只懂純欣賞。

記得以前上兒童心理學讀到小孩成長有「肛門期」。這個時候的小孩，對排泄器官特別感興趣，只要聽到跟肛門屎尿有關的詞都會咯咯笑。我做台灣小姑娘的時候也認識一兩個停滯在「肛門期」的青春期男生，當時的表現就是對女性特徵特別敏感關注和喜歡聽講黃色笑話，可是成年後果然也不安份，包二奶上酒店都有這幾個的份。台灣的記者編輯可能有幾個也停留在青少年的某一時期，對領子開低點的女裝表現出大驚小怪，不在乎讀者當他或她是土包子或沒長大。

我在上海工作時的辦公大樓是精華地段的名樓，門禁很嚴，保全延續舊社會租界傳統，對訪客以目測迅速分三六九等再決定給什麼臉色。兒子一次去找我被警衛攔下，加州國語遇到上海普通話，語言也不大通，只好打電話給老媽下樓去救人。他小兒大學暑假千里探母，自認是觀光客，天氣熱得讓他把上海灘當成邁阿密海灘，穿著背心短褲就出門，看到辦公樓裡的西裝客覺得人家是腦袋有問題，眾人皆熱他獨涼，講了多次要入鄉隨俗，他卻無意改進。

我說，你說不清你自己老媽和你媽公司的中文名，又和外面民工穿得一樣，所以警衛不讓你進來。他氣得舉起他的夾腳拖鞋說這名牌呀，我趕快踢他一腳示意放下，這個「文明」大樓禁菸禁拖鞋禁服裝不整。可是穿著隨意的觀光客會被警衛攔下，隔壁公司一位祕書小姐天天穿得像好萊塢日落大道黃昏時站在街角攬生意，警衛卻放她進來。後來是她的洋老闆實在受不了了才出言要她改變打扮。所以有時候出格不是洋派或時髦，這道理卻不是人人都能自行領會。

民國初年小報和正經報紙各走各的道，涇渭分明。幾十年前在我熟悉的台灣，大小報紙也都各安其分，比如晚報可能對普通風化案件詳加描述（較之今日知名日報的圖文並茂都還是瞠乎其後）。日報有一兩家則是不把這種新聞送到人家府上去闔家閱覽的。到了民國一百年老華僑返鄉，報紙卻只看得出顏色，分不出大小，不少記者編輯似乎是我當年認識的青春期男生一掛，都偏愛用和生殖器官相關詞彙作文。電視頻道多到讓人傻眼，卻分不出正經電視台和狐狸電視台的新聞節目有什麼不一樣。

少小離家老大回，我每天在台北的生活都是學習。

三

兩岸風情

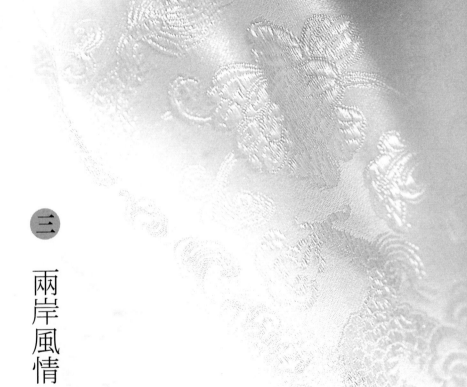

領導的範兒

剛到上海的時候，我把「領導」這個詞依自己的理解在腦子裡翻譯成「經理」、「主管」。有一次陪閨友去看中醫，閒著也是閒著，「順便」問問診，診所小姐要我先填張掛號單。職業一欄，我寫下「領導」二字，診所小姐看見笑出了聲。原先看著我填寫，知道我自認是個專業經理人，對我填「領導」為職業並無異議的老華僑女友，很不夠意思地「陪笑」一番，事後還大肆宣揚，拿我這個「低級錯誤」譏笑了好多年。

後來我發現大陸很多男人在外都稱呼自己配偶「領導」，普遍得像我小時候在台灣聽到丈夫謙稱自己太太「內人」。所以雖然職業欄填個「領導」本不為過，只是當年我媽那輩也不會把「內人」當成職業，所以填表格稱自己是「領導」應該是於禮不合。何況以亞洲的標準，我還真不是家裡的什麼「領導」。

有一次我在上海，先生人在美國，他請我到銀行去轉點超過當日額度的錢還是什麼的。行員跟他很熟，卻不認識我，問東問西，可是我對戶頭裡的事一問三不知，看看時差允許，我乾脆請她打電話到美國自己去問。好不容易辦完事，等電腦列印收據，銀行小姐跟我閒聊天，說：「那你們在美國真不同，我們上海家裡管錢的一定是太太。」

我說：不是講上海男人管家裡所有的事，個個都是「馬大嫂」（買、汏、燒）？

小姐被我的蹩腳滬語逗得開心，笑道：「買菜、洗衣、燒飯，這些阿姨能做的都是小事。管錢是大事。太太管，肯定太太管！」

我想想也是，在公司裡當主管，也要分配和控制預算，所以做領導很重要的一項確實是「管錢」。那麼誰管錢，誰就是「領導」嗎？胡錦濤算個公認的「領導」吧？他管中國的錢嗎？我看周小川在錢的事上管得比他還多一點吧，可沒有哪個說周小川是中國的「領導」。如果大家在同一個場合出現，濤哥向前一站，川哥就要退到他的身後；如果人多，比方還有寶哥、平哥在場的話，川哥還要退更後面去。所以說，是不是「領導」還得看有沒有那個「範兒」。

「範兒」應該是北方用語，我的理解是類似南方人說「派頭」。我學的第一句上海話就是：「外國恁阿鄉無莫銅鈿，派頭督來兮！」（外國土包子沒錢，派頭十足。）不過用「範兒」好像比「派頭」多了份氣勢、氣度，還是氣質啥的，所以談領導的時候我想用

「範兒」，比「領導的派頭」讓我感覺有派頭。

台灣的領導當然是總統馬英九，我覺得他的「領導範兒」自成一格。不過我和多數的台灣平頭百姓一樣，無緣識荊，只認識傳媒上的馬英九。那些花絮一樣的新聞讓老華僑拼湊出一位平易近人，沒有什麼派頭的「領導」。比如，競選的時候他強調平抑了做燒酒雞的米酒售價是他引以為傲的政績，他要做「米酒總統」；他偶而會越俎代庖要替外交部發本護照給某個美國公民（不記得是不是前有被賣受虐的台灣養女，可是後有風頭無兩的籃球金童才剛被報導不會記錯）；稻米多產了他也代表內政部呼籲民眾吃米飯，香蕉多產了他成了蕉農代言人要國民買香蕉。他讓我感覺親切得像隔壁「王媽媽」（隨機取樣的家庭領導人代表）。王媽媽今天催促老公送兒子上學校別遲到，明天安排女兒學鋼琴不偷懶，齊家如同治國，治國如同齊家；王媽媽和馬英九都在在讓人看見「領導」的忙碌和關心。

兩位「領導」另一個共同之處就是都相信報紙上看到的報導和菜場裡聽來的消息，甚至奉為圭臬，並常據以修正領導方針。兩位「領導」也都不大相信「自己人」，表現得像只有「鄰居」講的才是忠告，「自己人」進言反而被懷疑可能「有私心」。等到出了亂子，還是哭鼻灑臉地要「自己人」出來代為解決。

這種胳膊朝外彎特性在大領導身上的具體展現，就是讓選民對政黨政治的責任搞不清爽，對選自己支持的那黨的候選人怯步。在小領導身上就會引起家庭風波，夫妻失和。像王先生就有時候氣得想離婚；可他再細想想，雖然太太親疏不分，老是做出親痛仇快的事情，可是她一錯再錯好像不是故意要給家人帶來傷害，她只是自我感覺良好，真的相信自己永遠站在正義的一方；君不見七出之條裡面只有「竊盜，去」，沒有「傻冒，去」。而且王先生跟同一個太太處久了，怕離了這個村沒有這家店，他懷疑外面女人的品行，沒把握人家是真心要和他過，就息了休妻的念頭，將就地且走且看，決定跟著「領導」再過幾年。只是家有蠢領導總是件讓人擔心受怕的事，尤其有時候想到了孩子的前途真不免產生焦慮感，無可奈何，只能祈禱「領導」開竅，以後管管該管的，商量好了家裡都同意的事就大步向前，拿出領導的範兒，別總是耳根子發軟，到外面聽見不相干的閒話就回來找自家人的麻煩。

過大年

外派在大陸的時候老聽人說「過大年」。身為出生在台灣的南方人，過年就過年，搞不懂為什麼要多說個「大」字。不過以我粗淺的彼岸生活經驗，大陸倒真是什麼都「大」，所以在大陸說「過大年」，到台灣就用「過年」行了。反正我在美國住的幾十年，除非過年的時候正好碰上週末，華僑朋友之間舉辦餐會，聚在一起吃吃喝喝，否則就如常上班、上學，基本是不過農曆年的。

有一年說是上海七十年來最寒冷的冬天，連著下了幾天的雪。好像是因為機票關係，我必須提早幾天離開僑居地去駐點的工作地準備黃金週以後開工，就難得的在春節假期和當時讀美國學校的小威哥兩人到了上海。除夕夜家中管家阿姨放假，母子倆懶得開伙，叫了披薩外送。兒子關在房裡打電動，我坐客廳跟著其他十億人一起看讓我想起台灣從前電視老三台「康樂隊」的節目。約莫晚上十點後住家大樓外面開始響起鞭炮聲。一開始沒在意，可是鞭炮聲勢愈來愈驚人，鬧到戴著耳機打電玩的小威哥都出來問：怎麼回事？是不是外面在暴動？

我們站到住家所在二十樓高的每個陽臺上去四面眺望；不得了，紅光映白雪，半邊天都是硝煙炮仗，上海在我們眼中真是從來未有過的精彩。小威哥感歎道：Holly Cow! 我都要以為我們在伊拉克了！

一時興起，母子決定到外面去體驗一下中國的中國年；匆匆裹了雪衣、圍巾，戴了手套，穿了靴子，就往外走，可是街上真的像伊拉克，我們走出去沒幾公尺就被煙霧薰得睜不開眼，四射的爆竹在頭上開炸也太刺激和危險了。母子選擇退回裙樓商鋪頂上的空中花園，這裡遠離街上那些勇敢得近乎瘋狂的「炮手」，而且高度正好，繞一圈還有三百六十度的視野。我們像小孩般興奮地圍著大樓的空中花園奔跑，從街上射出的沖天炮就在我們的眼前化為美麗的焰火。幾個射高了的花炮從靠近圍欄的小威哥身邊擦過，他誇張地在已經清掃過積雪的步道上閃避，一面喊：酷，太酷了！完全像個戰場！

我想這大概比他剛剛在電腦上聚精會神打的虛擬戰爭還有臨場感。我盡做老媽的本分，拿著手機照了幾張完全看不出來是什麼的照片，純粹陪公子玩兒。心裡想起自己小時候在台灣過的年；那時候台北到處也放鞭炮，自然不會有上海半個天際線浸在硝煙裡的壯觀，可是也夠把當年的台北小女孩嚇得哭過吧。

今年這麼巧，臨時起意回到台北剛好趕上過年。算算大概是離家三十多年來第一次回到出生地過農曆年。付大樓管理費的時候，銀行給了兩張春聯，幾個紅包，去市場買年糕和花，人家都跟我說「恭喜」。我開始有點期待家鄉的新年了。

結果，除夕和大年初一竟然都很「平常」，要不是電視裡男主播穿著大紅棉襖一直預警高速公路會塞車，我足不出戶，都要忘了台灣正在放春節大假。台北市不讓放鞭炮當然是消除年味的罪魁禍首，其次是電視裡竟然連康樂隊一類的節目都沒有；不管是不是農曆新年，電視台還是看得出以「節流」為經營原則，有的放老電影，有的找了幾個領車馬費的名嘴在那兒瞎扯，只有一個抄日本新年節目的除夕紅白比賽看起來是特別為農曆新年製作的，不過我看到壓軸明星卻不無悲哀，因為會讓人「合理懷疑」台灣的當紅演員和歌星都去了北京、上海、深圳，甚至長沙海撈人民幣？

在台北過年，我看著電視想起一句在上海學來的話：「真沒勁！」

也許，「過大年」和「過年」果然不同，可是「過年」和「不過年」卻愈來愈接軌了？

包飯和點心

和老哥聊天，談到小時候認識的幾個男生現在居然「家中紅旗不倒，外面彩旗飄飄」。老哥說男人都一樣，還算命不避親戚，舉自己妹夫為例，說妹夫老跑上海，就算沒吃包飯，也一定吃過點心。

這讓我想到一件跟吃飯有關的趣事，不知道算不算「吃點心」？

去年某天我看見書桌上丟了張上海台資牛排館二人晚餐的收據，日期正好是我從浦東機場搭飛機回僑居地當天。燭光晚餐簽單的是先生，同行的不是太太，不免動問。先生坦然說是送走老妻後不想一個人吃晚飯又想吃那家的牛排，就藉機慰勞他當日加班辛苦的女祕書了。

女祕書？這位祕書我沒見過，不過忽然觸動了我編故事的靈感，就跟先生說：如果二位去你辦公室樓下的「重慶雞公煲」我就沒意見。下雨天你們跑那麼遠去吃燭光晚餐，那一頓飯還是祕書小姐半個月工資，女祕書加班老闆不發獎金卻請吃情調餐廳？嗯，這樣，黃粱一夢，人生如戲，我編個劇本你聽聽：

〈上海之夢〉

天上下著雨，車裡有他和她的體溫；玻璃有點起霧，雨裡的徐匯區看起來比平常美麗乾淨。訂好位的餐廳在靜安區，正是擁擠的交通高峰期，車子走走停停，兩個人可以談的公事都談完了。溫文儒雅的老闆閒閒問起，她就含羞帶笑地講起自己的家庭和短短三十年出頭的生平。

敘起來老闆比她的父親還大一歲，可是看起來像兩個世代的人。她完全沒法把看起來不過四十許的美籍華人老闆和她頭髮永遠糾結像麵條，身上已經有老人氣味的奔六十歲的老爸爸想到一起去。老闆不抽菸，靠近的時候似有似無地散發著外國洗髮水的香味。柔柔的台灣腔普通話搭配英語單詞聽起來不像她的家鄉話那麼呱嘈，又洋氣又好聽。老闆的休閒活動是打高爾夫球和帶著太太到處找出名的館子吃飯。

像這間牛排館就很高檔，裝潢得金碧輝煌，他說跟太太常來。台灣人就會搞這一套；

菜一道道的上來，還一道道介紹該怎麼吃。老闆在幽暗的燈光下看起來很年輕；好吧，就算不是真的年輕也比那些追求她的本地小青年風度好。她非常同情他有一個事業忙碌，到處飛來飛去，老是不在家的老婆，可是聽起來他還很在乎她，說是一起長大的伴侶，到現在都是最好的朋友。她聽他誇自己老婆有點不高興，可是他好像沒注意，一直轉述那個中午剛離開的老女人告訴他的幾個破笑話。燭光晚餐附贈一瓶紅酒。原先她說不會喝，現在她要侍者替她滿上。

吃定老闆溫和的個性和客氣的風度不會讓人太難堪，晚飯後她借著幾分酒意，撒嬌撒賴地不讓他送回家，非要去見識他的高檔公寓；男人果然沒能拒絕。

後來？後來她就變成了那間在她眼中堪稱豪華的市中心公寓的女主人。

聽眾打岔：喂喂！妳這故事沒有邏輯，也不是事實！哪有吃個飯就跳到成了女主人的道理？

編劇說：早說是編的，誰在說事實？從吃個飯就跳到成了女主人是蒙太奇手法，如果拍電影，這時候就給你一個下大雨，弄個什麼「一樹梨花壓海棠」的鏡頭表示一下。又不是三級片，男主角是個老頭有啥愛情戲好演的！還沒完呢，聽不聽嘛你？

聽眾說：聽就聽！我看吃個飯妳能編出什麼來？

離婚明明是前妻堅持的，卻還賣了個天大的人情給他，說是「含淚成全」，事後他想起來竟有點著了道的感覺。不過畢竟是幾十年的好友加夫妻，雙方沒有大吵大鬧，財產公平分配，自始至終保持友好關係。他一輩子循規蹈矩，頂多對漂亮女人眼睛行行注目禮，嘴巴吃兩句文雅的豆腐，心裡騷動一下，沒想到一付諸行動就換了老婆。雖然年輕的新婚妻子好像深愛著他甚至崇拜他，他應該飄飄然，不知怎麼卻隱約覺得這二婚有點像人家說的「炒樓炒成了房東，泡妞泡成了老公」，不知該喜還是該憂。

而且頭婚的孩子都大了，他現在想享受人生。少妻卻哭著吵著一定要做媽媽。溫和的他又輸了。

少妻是家裡的獨生女，她的父母從女兒懷孕起就搬在一起照顧，孩子出生後就更離不開了。原先簡潔的歐風公寓裡住進了她的一家人，搬進符合她父母品味的擺設。耳朵裡聽著岳父母用鄉音互相稱呼「殺千刀」和「強盜婆」，他不禁想起自己從前在這間屋裡和前妻用英語叫對方「甜心」和「打鈴」。不間斷地有丈人家鄉親戚到上海在他家落腳打尖，原來寬敞舒適的公寓變得愈來愈擁擠，也愈有在地風情。雖然岳父母都比他年輕，他畢竟還是女婿，漸漸地家成了她們的地盤，他像個年老的上門女婿。住在一起久了，在地人對他也像長輩那樣指教起來。這裡是中國，講究長幼有序。

那天他在機場，看見前妻像以前兩個人一起旅行時那樣瀟灑地拉著一件簡單隨身行李，風一樣地從面前過去。他欣喜地正要打個招呼，可是手忙腳亂地顧著行李車上上海家裡要他帶的，大包小包孩子的尿片、奶粉，岳父母的維他命、西洋參，和老婆的高跟鞋、皮包、化妝品，竟然就沒來得及喊出聲。扶穩了行李，他急急推車上前，想趕上兩步再叫，堆得太高的行李車上購物袋裡又掉下幾盒「有機草本」染髮劑；老婆嫌本國貨黑心不敢用，又抱怨他的頭髮白得太快了，這次特意叫他多買幾盒回來囤積備用；將就岳父母，買的都是本地老人喜歡的墨黑色，染上像戴了頂黑帽子一樣磁實耐久；屋裡三個老的一齊染也省事。他們更像一家人了……

聽眾大笑打岔，佯嗔作結：別編了，太嚇人了！吃個飯就成了一家人？還三個老人一起把頭髮染成黑帽子？虧妳想得出！以後凡是女職員一律只發紅利，連樓下的「雞公煲」都不去了！

到現在我也不知道老哥的「包飯和點心」理論到底正不正確，可是每個聽過上面這個劇本的女朋友都被我逗得很樂。我對熟人看我故事對號入座一向反感，不過那次聽眾的反應讓我覺得還算滿意。

（附記）

上文完成後敦請「老哥妹夫」審閱；讀者邊看邊笑，證明有幽默感。也批准放行，證明有度量。卻有條件，要求註明「本文純屬虛構」——謹遵所囑，特為附記：本文純屬虛構。

上海摩天樓景觀

大姐小逛世博

剛從上海回到家，朋友在電話裡興致勃勃地問：看世博了嗎？知道去過了，就問看了哪些展館？聽說只進去了浦西幾個隊伍短的企業館、浦東開放式的荷蘭館和幾個忘了名字的超冷門等同擺攤賣紀念品的小國家展館，而且造訪後全家意興闌珊，一致同意到此「一」遊就夠了。剩下的上海假期刻意繞道而行避開世博朝聖人潮，不免驚訝。

「都說台灣館很棒耶！人家都去了你們怎麼不去？」

「不想花幾個鐘頭排隊又不認識人可以走後門。」

「那中國館也沒去嗎？」

「提早排隊進園後再狂奔搶到預約票還要排四個鐘頭的隊。算了吧！」

「那沙烏地阿拉伯館呢？文茜說這輩子一定要看一次的耶！」朋友說。

「排隊排八個鐘頭可以飛到阿拉伯了。」我告訴她自己的酸葡萄理論，「其實外面走走看看就夠了，建築物可能比裡面的展出內容還精彩。不管排多久的隊，進去以後不是小型博物館，就是大銀幕戲院，室內變不出更多的花樣了。世博說穿了就是個大型廟會，以前是拉洋片，現在是3D電影；以前八國聯軍拿洋槍洋炮打得中國開門跟它做生意，現在用展覽方式來推銷算是文明進步。如果出國不方便，藉世博看看外面世界也還不錯；如果你去過狄斯奈樂園的小世界，那世博就是個放大版而已。我覺得中國利用這個機會提高民族自尊，上海利用這個機會促進基礎建設，共產黨利用這個機會教育人民，所以對主辦國確實是一個很有意義的活動。境外遊客挑這個時間去擠別人家裡的熱鬧，就像我老哥說我，是『花錢去看後腦殼』。」

朋友表示我的說法沒有公信力：「人家文茜說上海世博很棒欸，妳是懶得排隊所以都沒看到好的吧！」朋友直呼電視名流芳名，雖然喊得親熱，我卻知道她和我一樣只有幸在電視上看過我們這位已經是台灣意見領袖的學妹。我認輸，而且虛心受教，承認世博白逛了，個人體認不深刻，而且可能因為缺乏遊園策略以致在上海混了兩星期卻空入寶山了。

回家後果然在電視中見到學妹白紗裙、白拖鞋，頭上還戴了白色綴大花的髮箍，像個仙女一樣地在世博中國館訪問上海市長。開場是仙女優雅地獨坐一大廳中，她說自己正在中國館的最高層，四周都是大玻璃，望出去整個園區宛如仙境一般。據說中國館的最高一層是「生人勿近」的貴賓室，和樓底下吵吵嚷嚷揮汗排隊的人龍自然是兩個世界。我忽然想通了，人家「小妹大」，我們「大姐小」，同樣的世博園，上面是渺渺仙境，下面是滾滾紅塵，天上人間當然所見不同。

原載二〇一〇年七月七日《聯副》

中華民國在上海

因為工作關係，我從二〇〇五年開始到亞洲出差，後來乾脆在上海駐點。在那裡人生地不熟，沒有親戚朋友可以走動，一個女性主管也不可能上酒廊，平時下班後最常去的地方就是書城。簡體中文書相對便宜，我一買一大摞，又看得快，看完送掉，也算對當地文創經濟做點貢獻。

也不過就是三兩年的工夫，馬路上的人衣著愈來愈光鮮，大樓愈蓋愈漂亮。公司替我租的新天地公寓，電梯裡抱隻狗，冷著臉，用鼻孔對著鄰居的黃面孔也愈來愈多。最讓我印象深刻的是地下室停車場裡一排七輛名車老看見在那裡換電池。二輛勞斯萊斯，二輛賓利，蓮花、法拉利、保時捷各一，同屬一個不知真正「家」在山西還是新疆的煤老闆還是油老闆。再發財的人也只有一個屁股，還不長住在上海，怎麼樣也來不及坐七輛車，這麼貴的車大概又不放心讓司機開出去兜，就只好輪流換電池保養，讓大樓裡其他的司機和住戶當成笑談。

幾年之間我個把月就要回美國「述職」，親歷次貸風暴引起的金融海嘯，眼看著那邊起高樓，這邊樓塌了。跟西人朋友感慨起來總是隔著一層，可是跟同樣在台灣長大的朋友發表淺見卻沒有人聽不懂。

當年我在企劃書上洋洋灑灑條列了許多數據和資料支持在上海建點。可是自己選擇落腳上海沒有公開的一個私人理由居然是「懷舊」。哪怕曾是遠東第一埠，畢竟是南方的城市，跟北京那種什麼都比照紫禁城規模來起的大型建築，上海即使是聳立入雲的摩天大樓都有點小鼻子小眼睛的親切。尤其走在上海南京東路，我老想起自己小時候住的台北西門町。連很多店名都是我走路上小學時經過的，什麼「鴻翔綢緞莊」，什麼「亨得利鐘錶行」。我當年可能還在那些同名店鋪的騎樓下躲過貓貓。不知道為什麼，我對大家都說難懂的上海話也不感陌生，可能小時候和上海鄰居的小孩子在一起玩，那種印記存留，彷彿夢中。有一句「小子康，儂個小赤佬！」更是連那位上海媽媽的音調都清清楚楚的在我耳邊。只是誰是「小子康」呢？

所以我在上海的幾年雖然來來去去，除了員工也不認識外邊什麼人，卻因為走到哪都能和少時的經驗或記憶對上號，就變得很多思善感。當我一日走入書城，赫然看見一架

「民國專櫃」的書時，我震動了。回到加州，我告訴深綠的朋友他的「建國大業」看來大勢已去。中國政府終於在有了足夠的銀子以後，累積了足夠的自信把中華民國當成「前朝」，不會一看到國民黨字樣就塗黑抹去，對抗日的大是大非也不再遮遮掩掩。人是英雄錢是膽，北京中南海終於自承正統。歷史問題已經塵埃落定，下面剩的只是收編的現實問題，台灣總統是藍是綠對中國政府都是「山寨」內部問題了。就這樣，我站在書城裡把頭轉轉四面一望，看見元、明、清、民各有專櫃，中華民國在上海「被」走入歷史。想想自己青春期穿著樂隊制服每年十月兩三次站在台北總統府前揮汗高喊萬歲，不免不勝唏噓。

昨天（二〇一一年八月三十日）出來一條新聞，說是中國社會科學院主持編纂的「中華民國史」由大陸的中華書局出版了，還說台北質疑大陸修民國史的動機不純正。我不是學者，不能置評，可是做為一個讀者，一個後世人，我想歷史記載，公正比純正是不是更值得一爭呢？

日日新，又日新

有讀者好奇我和朋友在上海都「血拚」過些什麼東西？這件事是有歷史進程的，幾乎等同一部上海經濟發展史。

西元九十年代早期和家人去上海時，親戚穿西裝還在袖口留著商標。出了酒店，街上人雖然多卻並不熱鬧，不記得市面上有什麼激發購買慾的商品，連餐館都不夠精緻好吃，沒有一間留下印象。唯一的美食記憶是在酒店裡點的蔥油餅竟是糯米做的（麵粉缺貨？）非常可口。那次我和老哥結伴，兄妹都算慣跑四方經過見過的人，卻是第一次吃到糯米蔥油餅，就叫了一客又一客。而且後來再沒在上海或者其他地方吃過。

之後再去，一開始是參加旅行團。第一次還全家總動員。我旅行一向力求精簡，收行李的時候特別用了心，把四口十七天的外衣外褲都收在一個大行李箱裡，內衣內褲和襪子用一個小行李箱裝妥。四個人，一大一小兩件托運，其他每人自己手提一些覺得非要隨身的物件出發；環顧同團大件小件狼狽的樣子，心中不無得意。沒想到四個和尚沒水喝，到了地才發現只拉了一個大件行李，裝滿了內衣和襪子的小件行李箱沒帶。

跟送機的朋友通電話確認小件行李箱是留在家中車房了。朋友好氣又好笑，說：四個人五件行李少帶一件還有可能，你們四個人拉兩件，會留下一件真說不過去！可是全家神經都很大條，這種事見怪不怪，哈哈一笑，說：沒關係，買還不行嗎？

於是從第一站北京開始就為內衣褲和襪子煩惱。那時北京好像在蓋地鐵，到處烏煙瘴氣，飯店所在的王府井大街也在大修馬路。跟的團又起早貪黑到處跑行程，留給個人活動的自由時間有限。只好在酒店裡買必需品。記得那時在酒店附設的黑店裡每人買了一雙襪子應急，每雙約合十塊錢美金，比美國買還貴。內衣則是根本買不到合適的，只好每晚回到酒店雖然累得半死，還要手洗內衣和襪子，然後一件件用吹風機吹乾。全家一面罵罵聲，一面互相打氣，說：北方太土了，等到了上海一定什麼都有得買。

到了上海果然好多了，襪子很便宜，我們久旱逢甘霖，大概買齊了一年份，起碼保證下面的旅程都不用洗襪子。一般內衣褲也都沒問題，可是女士內衣在上世紀的上海卻不容易買。那時當地女人都很瘦很瘦，百貨公司裡的內衣都超小碼。我被指點到一家叫「古今胸罩」的內衣店去，說是那裡尺碼齊全。我就算豐腴了一些，也絕不是美國「大媽媽」

（Big Mama），居然在上海買不到夠大碼的內衣我權當是對自己的恭維。

說起來不過十幾年前的事，並沒那麼久。那家大號「古今胸罩」的老店如今還在南京路，現在五花八門什麼都有，連性感情趣內衣都放在櫥窗裡展示，一點不含蓄。可是上世紀末在上海要買非少女尺寸的洋式胸罩，那就像笑星小瀋陽說的「還就真沒有」。

那天我無奈買下兩個老式棉布胸罩，就是用線一圈圈車成「杯」狀，我小時候台灣鄉下「阿媽」穿的那種。如果穿的外衣稍微柔軟貼身，就會產生奇怪的效果，外人可能不注意，卻在夫妻之間製造了不少笑料。我後來帶回美國，講起這段趣事朋友們不相信，還要出示證據，把閨友們笑到倒地。

結論是上世紀，即使在上海我都覺得沒有什麼東西可買。可是到了二〇〇〇年以後就不同了，上海的商品發展「苟日新，日日新」，從吃的到用的，有一陣連我這樣不愛逛街的人都參加了「血拚」行列。就以我記憶所及，列清單如下，讓那位不恥下問的讀者參考一二：

二〇〇〇—二〇〇二

興國賓館前的包子，人民幣五毛錢一個，好吃得不得了。這個時候在上海吃東西真幸福。黑心商品還在研發，未及上市，商家還很誠實，將本求利。美金很大，在地的物價又低。是華僑可以花錢不眨眼的好年冬。

二〇〇三—二〇〇五

吃夠了，友朋開始買樓，做長遠打算。有位先生太喜歡上海，說將來要到上海退休，太太說上海太落後，將來她要到澳洲退休，不過她可以每年去上海看看先生。先生開玩笑說：「我都住在上海了，還要妳來做什麼？」可見當時華僑去到上海的幸福，有吃有玩，男士更連糟糠老妻都不需要了。

二〇〇六—二〇一〇

我在上海駐點，接待過的美國和台灣親友都瘋買珍珠、假名牌、外銷樣品和手工藝品。我帶兒子和他女友透過關係去買過仿冒品，穿街走巷地來到一個鐵門前按對講機，還被盤查身份，像演諜報片；買是沒買什麼，那些假名牌動輒數百美金對學生來說也都很貴，可是光這個過程就夠他們興奮半天，回味良久。比較特別的是一個台灣來的朋友到城隍廟小商品城買五毛人民幣的小文具如橡皮墊板一類，帶回去分送給女兒全班。事後她說品質不太好，浪費講價和搬運的力氣。

二〇一〇

美金愈來愈小，一切「血拚」熱情退燒。甚至於吃都激不起興致；餐館又擠又亂，既不便宜，又怕吃到黑心商品，三餐已經從令人嚮往的事變成了傷腦筋的問題。我月前在南京路上的王品牛排吃飯，去化粧室一開門，竟然碰到兩位大娘就在洗手台前鋪了一地的擦手紙，嘈嘈嚷嚷地替一明顯在馬桶上沒辦成事的小女孩把屎尿。在地朋友聽說感覺沒面子，辯稱：南京路嘛都是「外地人」！可是上海南京路的繁榮不也正靠「外地人」？這些城裡人口中的「鄉下人」還曾經大力支援過「家電下鄉」的政策，在世界金融衰退時做過經濟保八的中流砥柱呢。衣食足而後知榮辱，台灣也是這麼過來的，我雖苦著臉小心跨過小女孩一地的屎尿，可是覺得心裡還能容忍和理解。

被光陰淘洗十年，在我和朋友「血拚」單上最後勝出的是中文書籍和圍巾；前者實惠，後者好帶。其他我只能說，上海、兩岸，甚至亞洲，在老華僑眼中都是「日日新，又日新」，政經、人情、環境、美金匯率乃至「血拚」莫不如此，我已經趕不上變化。所知已罄，不能再多置一詞。

從吃素說起

兒子的女朋友吃「非宗教素」，可是講究比虔誠的素食信徒只多不少；味精、沒吃過的食材、不明底細的「特調」醬料一概謝絕，以致請她吃飯成了個麻煩事。有次請她一起去試一個新館子的後果是情商店家用白水煮了碗麵讓客人充饑，因為菜單上所有的餐點都用上了他們的招牌高湯，那個大骨老雞慢火細燉的湯自然不素。小女生這麼謹慎的擇其所食，聽兒子說原因是因為愛護動物，一般日常入菜的雞、鴨、豬、牛、羊在她看來都太「可愛」，所以吃不得。

住家附近有野火雞出沒成為話題，她和兒子譏誚火雞長相難看，聲音難聽，是一種不討人喜歡的動物。我私下問兒子，她不喜歡火雞，那吃嗎？答案是不吃，長得太難看了，想到那個難看樣子怎麼吃得下去。（依我姪女兒的慣用形容辭，這時候要加一句「頭上三條線」作結。）

世界上往往一方覺得道理成篇的事，另一方怎麼試著理解也落得一頭霧水。這種認知上的差異反映真實的人生，造成或大或小或悲或喜的影響，再注入時代、環境、個性、際遇的種種變數，就有了寫實小說的趣味横生。可是創作既掛了招牌聲明是「小說」，哪怕「事件」原來「有所本」，寫進了小說裡就是和讀者分享一件即使有特定觀點也隱而未宣的「八卦」，是非曲直自由心證，最後的「審判」（或叫「讀後感」）是自己的智慧產權，全屬個人；依我的淺見，做為小說讀者，和作者完全沒必要交流，相見爭如不見，想像遠比現實合邏輯。

我的非文友對我的興趣是「寫作」大惑不解。興趣嘛，就要好玩；唱卡拉OK，打球、玩牌、看戲甚至閱讀好像都比「寫作」做為「嗜好」有正當性。我跟她說就像念書的時候有人喜歡上音樂課，有人喜歡上體育課，我從小就喜歡上作文課是不是？（她同意）那麼那些喜歡上音樂課和體育課的同學後來各以彈琴唱歌或打球游泳為嗜好，喜歡上作文的拿「寫作」當興趣就一點都不奇怪了。

各種「寫作」活動我偏愛小說創作。如果寫散文像演講，寫小說就像講相聲；我以為聽眾不該要求說相聲的負言責。「寫小說」既是「嗜好」，自娛優先。可是因為寫了也會想「獻」（是「野人獻曝」的「獻」，可是也見過用「丟人現眼」的「現」的），所以行有餘力也以娛人。

寫小說是琵琶半遮面地「獻」，寫雜文卻是以真面目示人。如果說的事不合先敘明是「賈府」裡的風月，那就不能胡說，要負文責。我一向佩服人家雜文寫得好，自嘆不如。好友瑞琦說我這個珍藏「肚臍眼」的脾氣壞事，遮遮掩掩怎麼寫得好雜文？

現在博客或部落格的博主或格主們，把什麼都大方與讀者分享，與「他暗我明」的網友廣結善緣，真是勇敢。我看過好幾篇「公民韓寒」的博客文章，風趣極了；輕輕鬆鬆地就把自己的意見、觀察、感想用淺易的文字清楚表達，還懂得自嘲是「牢騷領袖」。網絡世代果然不都是吃素的。

幾年修得同車坐

各地計程車司機作風大不同。上海的計程車駕駛座旁名牌上常帶有考試通過認證的三顆星、兩顆星，表示司機對本城路徑的熟悉程度，供乘客參考。而且我遇見的多數上海計程車司機對自己職業有專業性驕傲，很不喜歡乘客當後座駕駛（Backseat Driver）。有次我剛從北京過去上海，習慣性的多說了幾句，司機很不高興地回嘴：「如果到了地妳覺得我繞路，妳不用給錢，還可以去投訴。」

可是我在北京乘計程車，卻總是一上車就被考試：「您到中關村？怎麼走？」廢話！你問乘客怎麼走？你是司機還是我是司機？更何況我要真提出來個走法，他還可能不同意：「現在走四環堵著呢。」停在那裡不發動，等你說出他心中的那個答案：「你看著辦吧！」他才點點頭踩下油門。頗有點女人問你她胖不胖或愛不愛，絕不容許有第二種可能的架勢。

後來我學乖了。一上車被提問：怎麼走？就說：「上次我從這裡坐到那裡八十六塊錢。隨便你怎麼走，如果比八十六塊多，那算你不認路。如果比八十六塊少，那下次我坐別人的車就報你跑出來的那個數。」

北京的司機聽了這個說法沒有不被激起好勝心的。一位被我報的數打敗，證明不如別人會認路的駕駛，非要把多跑的錢退給我，以昭誠信；不過另一位堅不認輸，非說我報的數是「忽悠」他。不過北方人一般個性直爽，所以這招在北京管用。我沒敢在上海用過這招，如果用了，我想司機肯定會用上海普通話把我削一頓：「哎喲！這個不好說的呀！妳這麼說這個生意我不敢做的呀。那路上堵車了，表一樣要跳的呀。」

不過在常跑的幾個城市中，上海堵車的情形比諸北京算是小兒科。台北的人對東區塞車也都哇哇叫。我去年退休辦交接，自己帶著接班人把幾個有供應商的城市跑一圈，早上尖峰時間台灣廠商派車從福華飯店接了同事再到凱悅酒店接我，寬打寬算了半個小時，我還以為自己離鄉久矣，不辨東西，忘記了這兩個酒店相隔多遠。後來聽說是把塞車的時間算進去，不禁感歎台北果然也躋身國際大城了。我有次在倫敦就為了第二天飛機早班，不敢早上從城裡打車過去，硬是三更半夜入住機場旁邊的酒店，頗有點枕戈待旦的味道。

美國是一個汽車王國，不過這幾年汽車的銷售量都輸給中國。每次我坐在車裡被堵在路上動彈不得的時候，總想不通大眾交通工具相對方便的北京和上海，怎麼會堵得比只有高速公路的洛杉磯還淒慘？不過中國是個人口大國，從少數身邊個案無限上綱來瞎猜，也可以想見一二。比如，從前我有位從北京來的同事說她做大學教授的父親，一輩子希望擁有自己的車，所以一有能力就買了一輛，雖然放在家中閒置的時候多，起碼圓了一個畢生的夢想。老人家就常戰戰兢兢地開出去在北京城裡兜個圈，加個油什麼的。又有一位上海的同事怕懷孕的太太擠地鐵影響胎兒，買了車接送老婆，可是城裡辦公室附近停車費一個月要一千六百人民幣，划不來，就起早把太太送上班，再把車停回家，自己再擠公車去上班。

有一次北京下雪，去出差的美國女同事坐計程車裡被堵在路上。她說剛上車時沒注意，車行不久就堵上了，然後她就聞到菸臭和蒜臭混合的臭味，久久不散還愈來愈濃。也不管外面多冷，她堅持把車窗打開。幸好她和司機語言不通，除了留下不好的回憶，最後也沒吵起來。

俗語說十年修得同船渡，不知道和陌生人同坐一車卡在路上要修多少年呢？

張飛打岳飛

和朋友敘舊，他們常常感覺不公平，因為我講起從前來的時候好像記憶力特別強，能舉證事件發生時的很多細節，有時連幾十年前的哪天都說得出來，和人意見相左的時候顯得很有權威。可是聽眾如果也是當事人就不服氣，說我選擇性記憶，專挑對自己有利或者想記得的描述。最後講不過了就賴我在寫小說。此言一出我就輸，誰讓瞎編故事確實是讓我打響名號的強項呢？

不過也有不明就裡的朋友因此深信我有過目不忘的超能力，其實我連自家車道大門的密碼也記不住，如果哪天車上沒有遙控開關，家裡又沒人應門，就要打電話到學校問兒子才回得了家。我揣測友朋中會有關於我記憶力強的謬讚恐怕是因為我記得很多奇奇怪怪，別人不記的東西；包括東一孤句，西一片語，零零落落完全不著調的冷僻詩詞、俚語、俗諺、成語、掌故、傳奇、戲曲、舊聞，天南地北，上下古今，什麼都有，可是什麼都不全；正經考我，我可能一句都答不上來，可是一到某個時空，那些東西就會湧現腦海。我起初也納悶過自己怎麼記得這些出處不可考又無用的片斷，後來才覺悟真的什麼都可能和遺傳有點關係。

父親臥床一度病危可是還能說話的時候，就對著隨侍在側的我東一句西一句的吟些和死亡、人生有關的詩句或俗諺，而且許多是我未曾聽聞過的。我書呆子脾氣發作，拿出小本子把他說的一一抄錄下來，有時候他的鄉音太重或者語焉不詳，我還要打斷他，要他慢點，再講一次，或者請教究竟是哪個漢字。我老爸詩興被打斷很生氣，就罵人，大意是說：我現在是隨時會死的人了，可能想說的一個句子都說不完，妳還一直打岔！

結果那個珍貴的小筆記本被我在搬家的時候放失了地方，到現在已經十幾年了都還沒出現，我看是沒希望找得到了。真遺憾我老爸對著我念了十幾天的金句，我都抄了小半本，最後可能傷心過度，電腦成了豬腦，就只記得一句：「人生除死無大事」。

我想是因為我老爸對這句有特別加強描述，他大概是這麼說的：自己一生經過大小風浪，現在面臨人生的最後一件大事，非常想知道究竟會怎樣結局？世間到底有沒有生前死後、來世今生？這件大事來臨時會是像輕風拂面，還是要痛苦掙扎？

所以老師授課的時候還是要加以演繹，才方便學生記憶，否則抽離出來的片語很難入心。就因為在「大事」這個主題上，我老爸多說了幾句，我就清楚記得當時父親閉著眼睛躺在病榻上，講話斷斷續續，我卻不知怎麼聽出他的聲音裡不但沒有畏懼，對即將發生的這件「大事」好像還有好奇甚至嚮往之意。雖然我糊裡糊塗地把筆記掉了，其他那些我聞所未聞、不知典出何處的金句也隨他作古而消散，父親這個無憾的人生態度卻留給我寶貴的一課，讓我也能直面自己的人生旅途，立志做個快樂的旅客，也要灑脫地到站下車。

瑞琦少年時是我家常客，過訪如走自家廚房，可是這樣熟也對我家人演連續劇一樣的說話方式一驚一乍。她有一次笑到東倒西歪地跟我說：「受不了蔣媽媽，她今天跟我說：『瑞琦，妳知道嗎？蔣伯伯是世界上最勇敢的男人！』」

想想我老媽那時候可能比現在的我還小幾歲，可是當年在我們小姑娘眼中卻是位十足十的老太太了。老太說那種台詞實在太戲劇性，不怪瑞琦覺得我媽用播音員一樣抑揚頓挫、感情豐富的聲音讚美我爸「很Man」好笑。我和她背後拿這事調侃多年，一直到我親見老父面對人生終點的大無畏，再想起瑞琦轉述老媽讚美自己丈夫時說的那句肉麻話，我這個身為二老不肖女的才眼眶濕潤，感覺不同了。

其實家人中我老哥的記憶力最驚人，他博古通今，走到世界上哪個角落都講得出故事，數得出典故。他「蓋」起來一向有頭有尾，前後連貫，不像我這樣只有神來一句，還經不起盤查。他記性好的英雄事蹟太多了，我統統不記得，只記得兄妹同遊黃鶴樓的時候，他難得一次講錯朝代被我抓包，逮到機會就笑他「張飛打岳飛」，結果他面不改色地跟我說：就是考考妳，看妳知不知道。

博學強記是不是家學淵源很難說，反正胡亂記了一肚子「非學問」這事，以前對我的日常生活常造成困擾，因為很容易走神；上課、開會、聽講，甚至勞動中都隨時分心；切菜切到手不用提了，說走樓梯都會摔下來也不是開玩笑，因為就發生過不只一次，有次還傷勢嚴重到最後進了手術室。一直到我卸下家庭和工作上的責任，再度開始寫作，腦子裡的「張飛」和「岳飛」找到新戰場，出來各就各位紙上繼續開打，我在生活中反而沉靜下來，不再思緒飄浮，感覺更能腳踏實地過日子了。

復出年來碰到好多人都對我能在停了三十年後重新提筆寫作，而且成為「多產作家」大表佩服或驚異。瑞琦就常說：真是的，妳就感恩吧，平常也沒看妳讀什麼書，怎麼知道那麼多亂七八糟的東西？

慚愧之餘，我真的只能深深感恩，對「張飛」和「岳飛」各作揖行禮；三國名將纏鬥宋代忠臣，他們在我這個宿主的腦子裡混戰多年，原是一場根本不該打起來的仗。這下好了，找到出口，還我太平。

四 坐家隨筆

一千零一日

二十年前在德資公司上班時歡送德國外派到美國的同事及齡五十五歲退休，他談起家鄉的退休福利，說是剛退休可以拿全俸，以後隨時間遞減：九十％，八十％，七十％；詳情不復記憶，原則是年紀漸長所得百分比漸低。

德國佬預備退休後先和妻子在美國到處遊山玩水一番再返國。我開玩笑問他：旅遊的開銷大於上班，而且退休後正有時間出去玩，德國政府課重稅，怎麼可以愈老反而福利金發得愈少？民族性就是「較真」的德國佬一本正經地回駁：政府經過精算才設計了這個制度；因為統計顯示，人愈老，吃的愈少，也愈來愈玩不動，老人既然吃不下，玩不動，生活開銷降低，退休金跟著減少，很合理。

那時「退休」兩字還不在我人生的雷達網上，聽他說人老了會「吃不下，玩不動」雖稍覺沮喪，卻沒有多想，哈哈一笑而過。

時間飛快消逝，輪到自己也退了休。近來常常想起這件事，就當成趣談轉述，順便聽聽身邊的人有沒有吃得愈來愈少，或者愈來愈玩不動的感慨？

被我「問卷調查」的幾個朋友，都自覺吃得只有太多，動得不夠；一致的抱怨是記性大不如前。有人甚至拿這作藉口說要多打麻將，做「頭腦體操」，加強鍛鍊。我想想自己近來總是心不在焉，丟東落西，有時候從樓上走到樓下就忘了原來下樓的目的，不免有點害怕我這個素來以記得一大堆奇奇怪怪東西傲視同儕的人，將來會遭報應提早失憶。

今天我穿的家居服上面有個藝術體的中文字「雲」。有感而發，吃早點的時候跟先生說：「以後我的衣服上都繡這麼個字，萬一老得忘記自己是誰，拉起衣襟看一看，就想起來，噢，是我！」

先生說：「那我的衣服都要繡個『星』，忘記名字了拉起衣服一看，就想起來，噢，是我！」

如果穿錯了呢？我問他。那天我們是改名字，還是你以為你是我？我以為我是你？

先生笑得厲害，說：還記得說笑就表示沒老。

我想起來一個幾年前電郵轉寄來的笑話，只是當年不覺得好笑到值得分享，最近想起來覺得忒好笑，就跟他說：你聽聽看這個笑話好不好笑？如果覺得好笑你就可能老了：

幾個四十多歲的女士熱烈討論後決定去莫內咖啡吃飯，因為那裡的男招待都很帥。十年後，她們五十多了，熱烈討論後決定去莫內咖啡吃飯，因為那裡的酒食可口。又十年後，她們六十多了，熱烈討論後決定去莫內咖啡吃飯，因為那裡的環境清幽。再十年後，她們七十多了，熱烈討論後決定去莫內咖啡吃飯，因為那裡無障礙設施完善，方便輪椅進出。又再十年，她們八十多了，熱烈討論後決定去莫內咖啡吃飯，因為那裡大家都沒有去過。

他正喝咖啡，嗆得差點噴出來（舍下的早餐桌上可是個隨時會被別人咖啡噴到的危險地方）。一面笑，一面可能怕表現出懂得笑點是坐實上了年紀，竟亂以他語，忽然問我：「欸，妳記不記得我們上海公寓附近就有一間莫內咖啡？就在人民公園邊停很多遊覽車那裡，記不記得？」

「不記得耶。」我想這可扯得遠了，正打算拉回話題，訕笑聽眾果然是位老人家，忽然發現自己竟也著了道，忍不住相視大笑；這回換他差點被我的咖啡噴到。

「太陽下山明早依舊爬上來，花兒謝了明年還是一樣地開」，帥哥美女的青春像美麗小鳥，再唱幾句也就來到「別得那悠悠，別得那悠悠」；白頭翁嫗的笑語似簷下風鈴，只要煦風輕拂，就叮噹不絕，清脆動聽。

算命的嘴

好友瑞琦自從學易以來，很喜歡找機會替人卜一卦練練功課。逢人就說：問我一個問題。

我問自己的書今年會不會出簡體字版？已經做了外公的鰥夫友人卻問：我和現任女友會不會分手？

我盛讚為感情問題占卜的朋友；下個月就要歡度五十八大壽還有感情困擾，他的這一問比我的書能不能在對岸發行的提問有趣得多。

他得了個漸卦，卦辭是「漸卦：九五，鴻漸於陵，婦三歲不孕，終莫之勝，吉」。

瑞琦於易一道還是學徒，明明解不出卻強做解人，我聽她含糊帶過，直接跳到總結：「反正最重要就是這個『吉』字，其他都不重要。都不要看。」這樣當然不能服人，被她唬得認認真真提問求教的朋友雖然不恥下問，尋找感情上的答案，生活裡卻曾是公司大老闆，哪裡是一盞輕鬆可以吹滅的省油燈？就打破砂鍋問到底。瑞琦是做過領導的人，立刻把任務布置給了我（Delegate），說：「來，曉雲來解。」

問卦的人狐疑道：「咦？你也會？」

我說：「我不懂易經，可是解卦跟在廟前面幫人解籤詩大概也差不多。我雖然欠學，不過學問比多數的廟公可能還稍好一點。來，我來幫你解。」如果我有一撮山羊鬍子，這個時候就可以撚上一撚做個身段，可惜沒有。

我端起咖啡喝了一口來造成此時需要的停頓，然後說：「基本上，既然是『吉』，事情就會朝你希望的方向發展，最後得到如你所願的結果。」這還是說了等於沒說，客人不滿意，我只好繼續：「如果你要知道更多，你要先告訴我，你心裡跟這位女士是想分還是想合？」算命先生的小門道（Tricks）我還略有所知，來問的人透露得愈多，解釋的就會「愈準」。

他說自己對這段感情的為難之處在「分有不捨，合有不滿」，所以卜的卦只是「吉」並不能為他解疑。瑞琦找到下臺階，趕緊說：「卜卦要問是非題，比如你問，你和她會不會分？或會不會合？你這樣問得不對難怪不行。不過你已經問過這個問題了，今天不能再問。三個月後你再用對的方法問一次試試看。」她像是只要能逃得過今朝，三個月後再說不遲。那時她可能功夫也練得深了一層吧。

我也好玩，就說死馬當成活馬醫，不介意的話，我來試試看。

漸卦，鴻漸於陵，就是這件事沒有迫在眉睫，只是正在漸漸發展中，所以兩人還不到需要馬上攤牌的時候。他說對對對，他只是生性不喜歡混沌未明的狀態，所以打算要不把人娶回家，要不散會，可是對方並沒有相逼的意思。

「婦三歲不孕」，有喜是好事，可是三年都生不下來就是怪事，可以想成是好事多磨，也可以想成是好事需要很長的時間才能產生結果。「終莫之勝，吉」是最後怪事會化解，會過去，還是得「吉」，心想事成。

「所以，」我總結，「你要再給這個決定一點時間，不必到三年，可是不能做匆忙的決定。到了那個時候，事情就會向你期望的方向發展，不過你現在還不確定過一陣子，你是想合還是想分，所以等你確定了自己到底想分還是想合，那事情就會有一個你想要的好結果。」

瑞琦聽說之後大樂，說：「以後我幫人卜卦，妳就來解。」我敬謝不敏。

算命先生和政府官僚差不多，事緩則圓，說點兜兜轉轉的話拖延時間，見招拆招，盼望能說到「人客」心裡，讓答案自己浮現，危機解除。我這幾天在台北看新聞，政府部門和檯面人物回答有關一位副總統候選人家裡幾個跟農地和建築法令相關的問題，應該是Yes或No的答案，卻都有本事說得模稜兩可，不輸我胡說八道，替人解卦。

試說新語

在台灣我常被誤認成「陸客」；在地朋友說是我的國語太標準，而且講話夾雜大陸用語。我的習慣是聽到前所未聞的中文詞彙，如果能解其意，腦子就會「撿起來」，等有機會活學活用一番。我在上海住了幾年，也難怪用詞受到影響。不過台灣到底是家鄉，我有今昔對照，學習更有趣。

我一直認為語言是活的，這下有了點年紀還能出來「做見證」。像現在台灣很多極普遍的流行用語在我當台灣小姑娘的時候就是沒有的，而且絕對是一九八〇—二〇一〇我從家鄉缺席的這三十年間「長」出來的。有些我聽了可以意會，卻一時不明就裡，幸好我還沒敢亂用；比如公共場合、傳播媒體上男男女女都大剌剌，開口就講的「機車」這個詞，據權威人士告訴我，竟然典出生殖器；只是因為呼喊生殖器這樣的感歎詞不能堂而皇之的到處說，就把不好說出口的第二個字，改成了「車」。

人家一說，我立刻頷首領會，因為美國小朋友也做一樣的事，把學校不許說的f開頭四字真言說成巧克力（fudge）；人同此心，心同此理，台、美兩地小朋友說髒話的小心思也很接軌，只是美國的大人不用拐彎抹角，自認有教養的就不說，不在乎的就有話直說，只有還受老師父母管束的小孩，欲拒還迎，才喊喊巧克力過嘴癮。

不過我在台灣聽到把「機車」當成普通形容詞，用來描述一個連說話的人也不明所以的情況，卻來自電視上的主持和嘉賓，比如小S和周杰倫這些偶像明星。我難得看次談話節目，都聽他們說過：「某某很機車」、「我覺得自己很機車」。名人加持，傳播助瀾，能不風行？這個新詞「英雄不論出身低」，在台灣現代廣為流傳已成定局，只怕將來在中國語文裡也代代相傳，哪天聽見未來的外交部長批評他國「機車」都不像從前的部長用英文縮寫當形容詞那樣能驚世駭俗，永載史冊。

這幾天日本籍小姑娘在台北酒後鬧事，打人闖禍，本地電視台集體獵巫，新聞疲勞轟炸，要不想看我素來不大信的亞洲CNN，坐在台灣會以為世界上除了胡鬧的小姑娘再無大事。我拿著電視遙控器翻來覆去，無可選擇地看了幾分鐘新聞節目，發現台灣電視輿論對「誠實」的要求比較幾年前對貪汙犯有所提高：起碼這次電視台不分藍綠，對嫌犯應該「說實話」的標準步調一致。

員警還沒釐清的案情，輿論已經查得水落石出，蛛絲馬跡都成了新聞。可是酒醉打人，素材畢竟有限，要「炒」這許多天也真難為了記者。我不小心轉到一台，聽到記者用興奮的聲音還在報導這個因為無限放大而顯得混亂的事件；他大概是這麼說的：隨著愈來愈多的真相出現，鴨子還死了嘴硬，現在整個情況真的變得很「機車」。

夫復何言？我只能慶幸自己不是這位仁兄的語文老師。

像霧又像煙

心直口快的女友提出善意指教，說我上兩個月「博文」多產，質量失衡。她舉〈香夢長圓〉和〈仁與不仁〉為例，說前者讓她深深感動，後者則是：「寫的什麼東西呀？」

人生難得有諍友，謹受教。可是另一位朋友說：「別聽她的！妳就隨便寫，最好每天寫，有得看就好，我愛看。」

讀者喜歡不喜歡一篇文章有種種原因，作者管不著。不過Blog是私人道場，我在這裡念經礙不著誰。只要還沒忘記密碼，就由得我自由進出。筆墨遊戲儘管看來好像「手」沒遮攔，立意卻不是私事公布欄，更不是自己和自己的作文比賽。我隨興之所至，在這個園地想談天就說天，想說地就談地，「無料是王道」，編輯於我無有哉，既不得審閱，也不得退稿，讀者也要滑鼠點對地方才進得來。

有新知首次見面就問我的星座。聽說是「天蠍座」，就下結論道：那妳注重個人隱私，不隨便對人敞開心扉，不管人家問什麼，妳只說自己想說的事。

我對星座沒有研究，卻可以認同這個說法。其實我的 Blog 也不只是個人抒情管道，偶爾也有「密碼」要傳遞。如果讀者碰巧是我寫作時設定的思想傳遞對象，就可能看見「狼煙」升起，得到消息；自然其他的讀者沒想到 Blog 竟被當成今之烽火臺，就可能只看到一團迷霧汙染空氣，要忍不住罵句：「寫的什麼東西呀？」

朋友不大欣賞的〈仁與不仁〉就是特為最近才聽說有我這麼一號作者的青年讀者而寫。催生主因除了有顯然年輕的朋友在網上「推」我這個「新進作家」，強調「蔣曉雲是個好玩的人」讓我有點害怕誤導，更因為先後有兩位文學所研究生留言表示要研究我的小說。我在受寵若驚之餘，就想公告一下，天蠍座的作者不懂交朋友，生性不夠友善，又不識抬舉，如果沒有特殊緣分，很難親近，恐怕會讓年輕熱情的讀者失望。結果兩位中的一位果然再度留言表示理解，所以這個網路交流平台真的發揮了我預期的效果。如果讀者看不懂狼煙，又不欣賞雲裡霧裡，只像那位不吝指教的鄙友一樣聞到了狼糞燃燒的臭氣，那是作者筆力不到之處，敬請原諒。

如果到過國外中國城的遊客，可能注意到老華僑的特性之一，就是「時光凍結」；像我對家鄉的印象就停留在幾十年前，以致對台灣現在這種「知識」、「常識」、「八卦」

三者不分家的新境界，還在體驗、學習和適應的階段。看到研究文學作品不討論「文本」卻「以人為本」，就有股衝動想建議人家去研究林青霞。大明星從年輕到老都習慣在影劇版上分享人生，最近也出書改行做了作家。人家那種作家見過世面，不比我們這種「坐家」，連照個相都要遮遮掩掩才有安全感，遑論接受陌生人訪談，對著不熟的人自報家門？

我也覺得自己小家子氣。其實我一直勤勤懇懇做人做事，讀書就業，相夫教子，誠實納稅，小心開車，並無不可告人之事。把我放在父母的「鞋子」裡看這個女兒，不但沒有辱沒門庭，所作所為甚至可說是差堪告慰二老在天之靈。只是這些「成就」吃人一問成了「匿跡文壇三十年」，我就沒來由地心生慚愧，好像這幾十年沒有流落番邦，鬧它個十嫁、八嫁，經歷過各種悲歡離合，也敢回頭來寫小說有點「失格」。

面對諸如以下的提問：

請曉雲老師談談您的求學經歷，及其對您的創作所產生的影響。

匿跡文壇的三十年間，想必曉雲老師的「世俗生活」也過得相當精彩，能否請您談談這段時間的最大成就？

我感覺即使詳細回答也不過提供了一些不值一哂的個人資料，恐怕連滿足讀者的好奇心都不達，更別提對嚴肅的學術論文有幫助。

依我的淺見，研究小說，訪談作者的時間不如節省下來去讀讀作品。作者可能口不由心，只透露一點自己想說的；小說人物卻已經創造誕生了，書也已經排印出版了，白紙黑字，想賴也賴不掉。讓不能抵賴的作品自己說話，豈不比聽信不想交心的作者來得可靠？古來多少身世曲折的貴公子晚年潦倒，也只留下半本《紅樓夢》，吳承恩不是猴子也沒從石頭裡蹦出來，卻照樣把孫大聖寫得活靈活現。我最近看見走紅的網路作家玉照，雖然年輕性格，和據說演繹他本人少年時代的帥哥明星差之也約有毫釐。凡此種種都教育我們，作者和作品不一定對得上號。就像喜歡一家館子的菜，常去捧個場即可，又何必非要和廚子見上一面呢？廚子可能其貌不揚，看見了會影響食欲不說，廚子那邊也害怕隨便見客呢；見的人一多，保不定又多了個自認比廚子懂做菜的走到面前說：「燒的什麼東西呀？」

何處是兒家

老華僑是宅女，在僑居地家中不掛在網上就坐電視前面。在家鄉活動多，電腦雖然常開，電視就較少看了。我又特別不喜歡看台灣的談話節目，避之猶恐不及，卻因為本地談話節目實在多，而且不斷重播，有的新聞節目除了主播，還要坐一排評論員把說過的事情用不同的句子和語氣重複一遍。強力放送，觀眾輕易躲不掉。

前陣子說是不怎麼會唱跳演，專上談話節目談自己出格言行受到歡迎的小姑娘酒醉打傷人成了熱門新聞，評論員一個個變身包龍圖，天天7-11公審，真是看得人心煩意亂。幸好小姑娘抗壓性還不差，中文也沒好到能效法影劇界前輩寫下「人言可畏」四個字，讓那些義正詞嚴的名嘴們逼出人命。不過再鬧下去也很難說。台灣的傳媒挖新聞有點水鬼找替身的味道，沒有下家就不能離開，看起來這下是美國小伙子出手救了日本小姑娘。

美國人崇尚不輕言放棄的英雄，板凳球員救了球隊的故事比《洛基》還精彩，雖然電視和報紙上口水還是太多，可是我很高興正面新聞代替了獵巫，只沒想到高興了才兩天，本地政治狂熱份子又為了林書豪他小兄是哪裡人吵起來，而且個個都講得好像就住他隔壁，知道他所有底細。一位想必跟他家裡一起吃過好幾次飯的親戚被引述，掛保證說林書豪是「正港台灣人」。報上連亞洲是父系社會都拿出來佐證所言不虛，免得被母系這邊的原籍浙江搶人。

還真不是等人家出了名來高攀，我還真的認識這個小朋友（當然他不會記得我）。傑瑞米林是小犬大威哥中文學校的同學，我當年做陪讀媽媽的時候每星期五晚上都要陪著那群蘿蔔頭在教室裡從晚上七點坐到九點，想想從幼稚園那麼丁點高陪讀到高中，長期抗戰得我都算不出有多少年。這麼長的時間每週一會，對傑瑞米有點印象。

他小時候跟大威哥差不多高，沒注意什麼時候就長到了一百九十公分以上。即使是課後的中文學校，傑瑞米也是一下課就去打籃球，他們全家對籃球都很熱衷。他的媽媽還跟我說過幾次：妳兒子也很高，為什麼不來打籃球？

幸好沒去打，因為大威哥後來就不長了，停在一八三。而且我也不像人家媽媽那麼偉大，對兒子的興趣無怨無悔地支持。幾年前大威哥回家的時候問我：妳記得傑瑞米林嗎？中文學校我班上的？我在臉書上看到他簽進了ＮＢＡ成為第一個亞裔球員。酷！他媽媽了不起，我要是想做職業運動員妳一定不會支持我。

「I love you!」我嘻皮笑臉跟他說，「你要是那塊料我一定支持你。」

大威哥喜歡的運動是散打和摔跤，現在還是拳擊俱樂部的會員。我去看過一次他的摔跤比賽，手長腳長的他一上場就被個圓墩墩的對手給壓制在地，臉上馬上磨出血印子。我的心臟不夠強到卒睹，中場就出去了。後來他問我觀後感，我建議他改打高爾夫球，被他賞了個大白眼。我還告訴他根據我是摔跤門外漢，可是看過很多武俠小說的觀察，這個運動合適長得像張麻將牌一樣的選手，他細細長長竹竿樣的一個人，動作破綻太多，很難制伏對手。果然他從初二參加摔跤隊到高三離開，一面錦旗也沒拿回來過。

他還組織過搖滾樂團。吉他、鍵盤、鼓和貝斯，那個行當缺人他就自己頂上，他還作曲、混音，忙得不亦樂乎，幻想一天能成為巨星（想想這些設備和器材的投資，他還敢說父母不支持他的興趣！）

有次他的樂團在家練唱，對面山上的一位富貴鄰居被吵到了，滿山開著超級跑車尋找噪音來源，終於找到禍源，敲門警告，他們唱得正歡就充耳不聞，鄰居正打算報警，還好我及時趕到，害得素來看到白人還故意要把下巴抬高點的老媽跟人猛陪不是、說好話，這才了結。

他問我唱得好不好？我跟他說：兒呀，你知道你媽我最不喜歡掃興，可是更不喜歡說謊。而且我是你媽，完全沒有公正立場。你知道那個獵人和烏鴉的故事嗎？

獵人打到了烏鴉媽媽，烏鴉媽媽臨終求獵人放過她的孩子。獵人心軟答應了，問：日後遇上我怎麼知道那是妳的孩子呢？烏鴉媽媽說：他們是森林裡歌聲最美的小鳥。

大威哥說：哼，以後我做了天王巨星，我就蓋間大房子請妳來玩，妳一進門就看見地板上幾個大字：「我媽錯了！她以前說我唱歌像烏鴉。」

所以大威哥直到現在還在抱怨我沒有能像傑瑞米林的媽媽一樣支持他的興趣。否則他可能是美國第一個亞裔摔跤選手，也可能是美國第一個亞裔搖滾巨星。可老媽一點不後悔，還是那句話：是塊料就支持！而且現在我知道了，沒有支持兒子成為美國第一個亞裔的什麼人物，能避掉一個他們那中文班上沒哪個孩子心裡沒答案，問了只會傷爸媽家鄉父老感情的蠢問題。

傻妹和英雄哥

晨起接到一通錄音來電，是山城公家打給住戶的警告電話。說有民眾舉報近來在本社區數度看到山獅（Mountain Lion）出沒。Google一下，發現我一直以為只是大野貓的動物，中文名竟然叫「美洲獅」。這名字挺嚇人，而且錄音電話警告住戶這種動物攻擊性很強，教導民眾如果與山獅狹路相逢，要勇敢正面相對，等牠走開，牠如不走，你可緩緩後退，切忌轉身驚慌而逃。如果穿有外套，趕快撐開，膨脹體型，與之對峙，等待（禱告？）對方退卻。如果不幸被攻擊，最佳策略就是跟牠對打，拚命將之打跑，爭取機會脫身。如果看到了，還能全身而退（這六個字是我加上去的），就打九一一舉報。

以前某日傍晚出外散步時也看過不像家貓的特大貓不懷好意地瞅人，那矯健的大貓脖子上沒戴名牌，還長著像山羊一樣的長鬍子。我當時以為那就是Mountain Lion，回家還跟兒子胡吹了一通。現在對照網路圖片，原來山獅竟是在動物園裡看過外型像小號豹子的

Cougar一族。那我當時看到的可能只是大野貓，或者是哪家養的胖大到變形的家貓。否則果真要是Mountain Lion，那我還得與牠對打一番才得脫身，現在就不知道還有沒有這十根手指寫文章胡說亂侃了。

我家也有過兩隻貓：絨球和麻丁。牠們的來歷很傳奇，竟然是在牆壁裡挖出來的。當然，可能只是鄰居母貓偷生在院中某處，然後在搬遷的過程中從屋頂（煙囪？）掉到我家的牆壁裡去的。不過在找來工人把內外所有可能的縫隙都檢查封住以後，小貓最初究竟怎麼會跑到牆壁中去還是無解，以致牆中出貓的原因始終成謎。

反正故事開始的那天晚上是兒子在電腦房裡一直聽到喵喵叫，卻到處找不到來源。後來判斷貓叫是從牆壁裡發出，雖然覺得不可思議，卻怕以後有動物死在裡面更麻煩，於是循聲鑿壁而探，居然救出一隻有著琥珀色皮毛的可愛小貓。這麼好看的貓還真的少見。因為不是純種，所以牠雖有暹羅貓美麗的毛色，卻沒有暹羅貓不友善的面相。那還有什麼說的呢，就留了下來。兒子叫小貓「絨球」（Bobble）。老媽出錢出力帶去獸醫院檢查身體打預防針不表。獸醫說貓還小，約了長大到數週再帶過去結紮。

過了兩天，牆壁的洞還沒補起來，又聽見喵喵叫。神奇的貓洞裡又挖出第二隻貓。兒子叫牠「麻丁」（Martin）。麻丁是隻長相普通的小黑貓。可是第一隻留下來了，沒有理由因為第二隻賣相不好就棄養，就也一併收留。所以說豈止以貌取人，人還以貌取貓呢。朋友就「菜」我，說如果先兩天救出來的是小黑貓麻丁，可能我就都不讓兒子留下來了。

養不多久，兩貓的特色就顯現了。絨球豔光照人卻愚蠢遲緩，麻丁貌不驚人卻聰明勇敢。絨球不喜歡出門，靜靜地坐在屋內一隅，放飯的時候來吃飯，放風的時候也不走遠。她平時姿態優雅，可是抓自己尾巴玩卻老抓不到的樣子完全是個傻妹漏餡。叫她「絨球」，她從來不應，我們只能亂學喵喵貓語引起注意。兒子說：「她這麼笨，我懷疑她聽得懂自己的名字！」

麻丁則肯定知道自己叫麻丁。他雖然決定要做一隻「戶外貓」（Outdoor Cat），難得進屋跟人親近，可是如果他在附近，那叫「麻丁」就一定應聲而出。和宅在家的傻妹絨球不同，英雄哥麻丁一天到晚在外面忙不停，捉松鼠撲麻雀，入地三尺刨土撥鼠的窩，上樹一丈研究啄木鳥怎麼弄出動靜。我親眼看見他耐心埋伏在草叢中撲獵一隻剽悍的藍松鴉（Blue Jay）作耍，也深信留在車道上的蛇屍是他老兄「龍虎鬥」的勝利成果。後來因為他太喜歡獻寶，常分享他的「部分」獵物，如一個鳥頭或其他更噁心的東西，放在大門口墊子上當禮物送人，兒子就給他脖子上掛了個鈴鐺，警告附近的小動物，山大王英雄哥「麻丁」來了。

一年多後，我們需要搬離山上的家兩年，暫住到車程距離山居十分鐘的城裡。兩隻貓也只好跟著搬家。傻傻的絨球在新家走動一圈，找到壁爐旁的一角，大概看見清掃壁爐的器具和歇息的軟墊是舊物，嗅嗅轉轉也就傍依著安頓下來。英勇的麻丁卻認生，賴在院牆上不肯下地。城居雖有院落，卻畢竟不是麻丁心裡的那座山。我跟鄰居打了聲招呼，說我們有隻「戶外貓」會到處走動。美國人都愛動物，一致說沒有關係，這條小街上的院子都歡迎他。此後，麻丁幾天不見貓影是常事，我們有點擔心，可是城居生活對麻丁來講未免太過無聊，就想也許他在哪家鄰居的院子裡找到新鮮玩意兒樂不思歸也說不定。

當接到動物收容所按貓脖上名牌打來電話，說麻丁在離家好幾條街巷的大馬路上出了車禍往生時，我們雖有點悲傷卻並不吃驚，咸相信他是在返回舊家的冒險途中遭到了橫禍。他本來就是一隻山野裡的貓，不該帶他來城裡的。

兒子摸著懶洋洋的絨球說：「這個傻妹，她這麼笨，她會知道麻丁永遠不回來了嗎？」我說我不知道。這麼笨，卻知足守分，隨遇而安的傻妹，舒服地臥在壁爐旁的軟墊上，我知道她將這樣醒醒睡睡，平庸終老，而且她在夢裡可能還會抓到那條醒時永遠抓不到的自己的尾巴；然而聰明勇敢，鬥蛇捉鳥，念念山中舊事，卻不許人間見白頭的英雄哥麻丁如今安在？

從牆中撿到的兩隻貓，就這樣，在兩年後搬回山居的時候變成了一隻。

逐鹿中庭

前幾年在亞洲的時間多，美國的房子就交給當時剛上大學的兒子當家。他本來以為一個人生活不知有多逍遙，簡直是迫不及待地把家人送走。結果獨居沒多久就開始在電子郵件和電話裡抱怨這抱怨那，說是全美國也沒有幾個像他這樣小小年紀就要擔負起那麼多家庭責任的。他放學了得代收全家信件、付他自己用的水電帳單、應付上門來的服務人員，更何況他還要「保衛家園」，不讓野鹿來犯。

那時母子之間雖然聚少離多卻感情更加增進。像他說的，看不到媽讓他更愛媽。雖然我因工作飛來飛去，個把月就能回來看看，畢竟都是短期居留。不再朝夕相處，和兒子見面反而變得很有話聊。起碼對話不再局限於「回來啦！」、「吃了沒？」這些廢話。我們常常談心。他還把我當貴客款待，每次都親自下廚，準備燭光晚餐招待。他好交遊，朋友多，母子吃一個晚飯，他可以接N通手機。打岔的情形大概是這樣：

「媽，一個人住好寂寞哦……對不起，接個電話。」
「哈囉？現在沒空，跟我媽吃飯呢……」
「媽，剛才說我很寂寞……對不起，接個電話。」
「哈囉？明天不行，我媽還沒走。等下看了行事曆再跟你敲定……」
「媽，剛才說到哪啦？哦，對，我很寂寞……對不起，接個電話。」

所以我一直沒怎麼同情他的寂寞。可是我現在真的很同情他當時需要面對的人鹿大戰。

這個夏天我「當家」。成群野鹿成天隨興自在地繞中庭閒步，過分到與我隔窗對望也不當回事，逕自慢條斯理地享用種在窗前的花葉。敲打窗子或大聲吆喝牠都當你沒到。院子裡原來盛開的玫瑰都被吃光了不說，車道旁有鐵絲網圍護，而我正打算採收，享受成果的有機番茄和李子也都一夜之間全部失蹤。有一天我正心痛地在澆灌搶救被鹿啃得差不多成了禿幹的新種酪梨樹，幾隻鹿居然就停在「一石」之遙，等我走開。簡直是嫌我在牠們吃點心的時間出來澆水，很討厭礙事的樣子。

那天我氣得到處去找兒子買來打鹿的BB槍，想至少朝空放兩槍嚇唬嚇唬牠們也甘心一點。因為牠們已經囂張到連我丟石頭都只漠然地左右踱兩步，就佇足觀望，並不如我想像的那樣地被飛石嚇成受驚之鹿，匆匆逃跑走避。這一群寄居在我家的不馴之鹿，對我這個屋主，連表示起碼的敬畏之意都欠奉。睜著假裝無辜的大眼睛望著我好像在譏諷：「您就省點力氣吧，那幾顆小石子咱不怕的啦！」

兒子買這只槍來打鹿，被我臭罵過一頓，山居社區雖然每戶相隔遙遠，畢竟還是住宅區，就算在打鹿季節也不能隨便動傢伙。而且他鹿沒打到，倒把家裡的車子保險桿上打出幾個彈孔。可是孫子兵法這小子肯定不懂，卻能無師自通，領悟「將在外，君命有所不受」的精神。既然「子當家」，母命就當耳邊風。還強辯說只用槍來嚇唬鹿，決不會瞄準了真打，否則怎麼會打到老媽的車子上去？反正大人不在，小鬼當家作主，他就一意孤行，準備好槍彈，跟來犯的鹿算是槓上了。他同學尼克的爸爸一本正經的跟他說，如果打到鹿了，就趕緊打電話通知他來處理，他要扛頭鹿回去打牙祭。

那次出事，兒子說純屬意外，他不覺得鹿是被他打到的。他說：「那頭鹿走在斜坡的擋泥牆上，我朝牠的方向放空一槍，牠就嚇得掉下去了。」兒子闖了禍，還怪鹿走路不穩，「一頭鹿會在擋泥牆上走得掉下坡去，那還算鹿嗎？可能牠原來就發暈。」

他依約打電話給尼克爸爸。尼克就和他童心未泯的老爹迅速驅車前來湊熱鬧。兒子事後生氣地告訴我：「尼克的爹壓根就不知道怎麼處理。他說他又不是屠夫。他只是不相信我真會打到一頭鹿，隨便說說。」

三個老少男人圍著那頭摔傷的鹿商量了一會，最後打了電話給本地警長來處理這件大事。警長到了又打電話給動物收容所，收容所說他們不收活的野鹿。大家對著受傷昏迷的龐然大鹿就有點束手無策了。警長說可能得先讓牠安樂死。

老頑童一樣的尼克爸爸來勁了，拿言語刺激警長：「我賭你不敢斃掉這頭鹿！你敢嗎？我賭你不敢！你不敢對不對？」

穿制服的那位起先還端著執法人員的架子，可能受不起一個「死老百姓」一激再激，還有兩個愣頭青傻在旁邊當觀眾。兒子說，說時遲，那時快，警長竟忽然掏出手槍在他們面前把那頭倒楣的鹿給當場正法了。

「媽呀！」兒子事後告訴我，「電影裡那些殺人場面都是騙人的。妳知不知道光殺死一頭鹿就有多難呀？起碼開了三四槍才把牠打死。西部片裡殺受傷的馬，就朝頭上打一槍搞定，才怪！」兒子學鹿垂死掙扎幾起幾跌大嘶大鳴的恐怖樣子給我看。「妳看牠們安安靜靜地在外面走來走去，一定想不出鹿臨死可以叫得有多大聲！我以後再不管牠們在院子裡吃什麼了。」

台北的姪女曾來美國家中小住，看見院子裡野鹿來來去去，覺得神奇。對趴在垃圾桶上亂翻，見人就齜牙咧嘴、忒不友善的浣熊也大喊：好可愛唷！等她們聽說這個「大雜

後院野鹿

院」裡還住著一窩又吵又醜的野火雞，一隻神出鬼沒的紅狐，許多迅若閃電的長耳兔，和在前院車道旁安家，看見來車就閃出爭道的幾戶斑鳩家族，不禁覺得坐小火車繞了一圈卻啥也沒看到的野生動物園門票真划不來。

唉，算了，想遠離塵囂，把家安在山野裡，是我入侵了人家的地盤吧？應該退讓的是哪一邊呢？是誰多事在野生動物園一樣的地方圍起鐵絲網種花植果？那些吃的看的開車幾分鐘到超市裡不都買得到嗎？

對鹿來說，玫瑰花是好吃的，不是好看的。到底是誰不懂得欣賞好料呀！

打東東

電視熱播北韓新聞，把朝鮮人民對領袖的崇拜當誌怪報導，不免讓我想起五十年前台灣也造神。我的小學課本裡有一課描述偉人幼時在溪畔玩耍，看見魚兒逆流而上就聯想到人生要如魚兒一樣努力奮勇向前。這個小品文後來被我這一代拿來當成「典故」，成了譏笑「正經到不正常」的形容詞，有點大陸流行語「五道槓少年」的那種意思。這大概是當年想以偉人做典範鼓勵小學生見賢思齊的作者始料未及。

長大後我也從眾用過這個「典故」，笑人正經得有點「二」。可是想想真不應該；喔，人家華盛頓小時候就能在後院砍櫻桃樹，我們偉人小時候就不能到溪邊去看小魚？何況我自己也是一個從小就「想得太多」的小孩，「非偉人」小時候瞎想過的只怕比偉人看小魚聯想到的更不搭界。當然我不「立志」，我那些小兒科想頭完全就是閩南語罵人胡思亂想的片語寫實：「想一掛有的沒的」。

只有三分顏料就能開染房也算本事，可是如果不好好引導，嚴重的就要去身心科掛號。幸好我努力把缺點變成優點，用文字抒情，將不著邊際的幻想編寫成小說，找到宣洩管道。這樣在真實生活中我才能活得瀟灑踏實。前幾十年不寫小說，改寫企劃案，打的雖不是同一套拳，用的是同一派「內功」，效果不錯；從事的行業即使和興趣南轅北轍，基本勝任愉快。

可是無論多踏實正常地過著家常日子，有時候心裡的那個潘朵拉盒子還是會不小心開啟一條縫，如果碰巧被發現，可能會以為看見喝了三杯雄黃酒後的白素貞。近年來老蛇成精，懂得控制，愈來愈會做「人」。重新開始寫小說以後，更加心平氣和，寵辱不驚；筆下天地玄黃，宇宙洪荒，生活上歲月靜好，無風無浪。每天就是撕掉一張日曆紙的事。

日曆撕到年底，家裡事情比平常多，可是這幾天我趕流行，看上了一齣又臭又長的「穿越」連續劇。便任性拋下即將出版的民國素人誌（一）《百年好合》校對工作，以及其他有時限的「正經事」，在網路上日夜「趕進度」看劇。

我住的山上社區因為地勢高高低低，森林密密叢叢，鄰居棟距遼遠，寬頻沒有無限供應，超過限額就貴到肉痛。天馬行空的連續劇看到尾聲的時候，先生轉寄網路公司電子警告郵件，注意到我沒有接受暗示，次日移大駕走過來提醒，說是家中平時寬頻雖然用不完，可是這個月碰上寒假，小孩都在家，全家日夜掛在網上，有先例在前，曾有當月沒留神，收到帳單破了五百美元，很不合算。

我心中對連續劇結局不無牽掛，可是畢竟是可有可無的低級娛樂，而且自知早該去做「正事」，就口中連聲應好，說：不看了，不看了。先生看見我答應得爽快，反而感覺誠意可疑，就繼續分析得失，並且善意提出解決辦法，包括買DVD回來看，或去圖書館使用無限寬頻。我的口中諾諾，心裡電光石火，思緒到處「穿越」：唐詩有云「男兒屈窮心不窮，枯榮不等嗔天公」；自己篤信性別平等，自立自強，半生職場拚搏，簡約樸素，退休以來，無欲無求，眼下竟須畏首畏尾，投鼠忌器，枉住富貴山區卻看不完一個破連續劇？本非辛氏更非辛太，卻想起辛棄疾拿自己姓氏開玩笑寫的詞：「艱辛做就，悲辛滋味，總是辛酸辛苦！」一時之間寬頻有限，感慨無限。不禁長歎一聲道：「別說了！再講，我就覺得自己混得實在太差了。」

無論這句對白多麼突兀矯情，連續劇演到這裡，男女主角相互幽幽一望，吟出兩句符合對方心境的唐詩宋詞是穿越戲說；微笑閉嘴，愛憐頷首，插曲響起，畫面出現春花秋月，那是偶像愛情。不放棄加強教育，從「經濟學」講到「心理學」，雞同鴨講，愈說主題愈模糊，就是生活寫實。

該花就花、當省則省的開銷原則易懂，可是妖怪成天裝成個人樣，腦子裡是些什麼「東東」卻著實讓人費解。

朋友轉寄來一個笑話「打東東」：

記者採訪一百隻企鵝每天的生活情形。

前九十九隻企鵝說：吃飯、睡覺、打東東！

第一百隻企鵝說：吃飯、睡覺。

記者問：為什麼你沒打東東？

第一百隻企鵝沒好氣地回答：我就是東東！

我有時懷疑自己心裡住著亂七八糟打鬧不休的一幫企鵝；幸好一百隻裡面只有一隻叫「東東」。

無料是王道

朋友說我的小說敦厚，雜文尖酸，風格差距太大，讓她這個讀者不大適應，要我少在報上或部落格裡發表淺見。言下對我寫的故事性薄弱，純粹夫子自道式的文字不大欣賞，頗有勸我專心寫小說的意思。她尤其對我把上海世博大銀幕3D電影和趕廟會拉洋片相提並論的酸葡萄經驗談很「感冒」：

「妳以為小妹大是一個人哪！我看妳沒人管著恐怕真要多言賈禍。」她看扁我是台灣解嚴前出國的老華僑，拿禍從筆生來嚇我。

可我不是嚇大的，再說我對所有小妹大（不管有幾個）的幽默感有信心。還是不大服氣，我向「在地人」姪女核實。姪女兒不愧是新一代的，見識不凡：「妳文章裡稱人家是仙女，光憑妳能聯想到仙女，小妹大都會很高興妳懂得欣賞她的品味。」

是嘛，一回台灣我就覺得今昔大不同，這裡還有什麼不能拿到檯面上來說的呢？電視、報紙打開來，大牌（姪女說現在叫A咖）談褻衣褻褲，小牌（現在叫B咖C咖）談幾時開苞，時事評論節目天天黃金時段放送像美國一演幾十年的日間肥皂劇，記者未聞也能錄，看起來很多都是跟我同行寫小說的兼差，連「居上位者」都不拱若北辰了，說起感受用的形容詞是「毛毛的」。像我這樣不喜成規的遊子，少小離鄉時左怕東廠右怕西廠，老大歸來欣見言路大開百花齊放，只覺得腰背都伸直了一般的舒服，不免懷疑自己朋友根本是趕不上時代。

可是仔細想想，以前寫東西的人犯了事，群眾還能用簡單的二分法辨忠奸；就是抓人的是壞蛋，被抓的一定是好人。現在官方不抓人了，官民一起放話，讓旁觀的難辨是非。言路大開沒錯，可是陸有陸路，水有水路；有車的走陸路，有船的走水路，沒車沒船的怎麼辦呢？卻幸而有了個「網路」。

我年輕的時候，世故都寫進了憑空想像的小說裡，生活中其實很幼稚。常常在錯誤的時地說錯誤的話，標準的聰明面孔笨肚腸，除非是看著我長大的親友，否則先讀了人情練達的小說再認識傻大姐一樣的作者，沒有不失望甚至受到驚嚇的。我的記性不太好，可也有幾次胡亂說話的經驗難忘。

一次是三十多年前在一個軍方主辦的文藝界大型餐會裡，被安排坐在當時政戰主任的旁邊。我父親在家裡關起門來對之不甚恭敬的主任穿著軍裝其實也很稱頭，講話雖有鄉音，態度也頗從容。席間「將軍」對青年作家殷殷垂詢，特別問我有關加強端正當前青年「思想」的看法。具體的問題是什麼，我一點都不記得了。我的回答後來遭受推薦席次的前輩批評指教，就當教訓記牢了。我別的長處沒有，口齒還算清晰，既經將軍下問，立刻語驚四座（當然是後來才知道自己講得多嚇人）道：「這個問題在台灣應該不存在，因為我們都是吃國民黨奶水長大的，思想怎麼會有問題？」我只差沒跟大家說，我爸就常常罵我「被洗腦」了。

不過也看碰到了誰，未見得「白目」就會得罪。《聯合報》的創辦人王惕吾先生請老中青三代作家吃私房菜，廚子賣力，菜色講究，主人不無得意。他知道我愛吃，也聽說《中時》的余老闆才請過藝文界，就開玩笑教我比評。我老老實實說他請客的菜好，余老闆請的是自助餐，大鍋小灶，粗細不同，等級有別。我也是後來才知道這頂高帽子戴得他舒服，因為此後許多年，只要碰到王老闆，他就嚷嚷要請吃飯，而且總加一句：「放心，我們吃好的，不會請妳吃自助餐。」一想是彼時兩大報競爭激烈，從報上的文章比到家裡的廚房，黃口小兒無心的誠實話把大老闆逗得很樂。

不通人情世故，嚴重的一次，後果直接攸關我對個人職業前途的決定。一九七九年我得了《聯合報》的中篇小說徵文首獎，公布的辦法清楚說明得獎作品除了獎金以外，稿費另計。〈姻緣路〉在報上連載完了，很久都沒收到稿費，我就打電話到副刊去問。接電話的編輯說得獎作品不付稿費，我就根據報上的辦法和對方理論。編輯小姐說我不過，就答應查詢後回覆，掛電話前卻在另一頭大聲地罵禿驢給和尚聽：「蔣曉雲啦——那麼貪心，已經拿了獎金，還來要稿費！」那個時候我才離開《民生報》編輯部的工作不久，對報社並不陌生，可我不知道接電話的小姐是誰，因為當時覺得只是給人提個醒，哪裡需要動用人脈，搖通電話時壓根兒沒想到要避開「小鬼」直接找「閻王」對話。這下把我氣的！可是人家在電話另一頭跟自己同事說話，我再沒修養也不至於叩回去追究，只好在家發脾氣。我父母親早就不高興我辭職專業寫作，就落井下石，說些類似「文人相輕」、「窮則酸」之類的話潑冷水。我後來停筆改行，還真跟這個不愉快的經驗脫不了關係。

近來我的「正當職業」生涯告一段落，又興起創作的念頭，而且付諸行動。原來我只想在部落格上過把癮，從前的經驗教會我「無料」（無須「料金」，免費）才是王道；不拿獎金稿費，建我自己的道場，訴我自己的衷腸，守著網路以待有緣（就是讀者啦）。可是因緣際會（或叫陰差陽錯）我又成了投稿作者，和提供文字通路的各「社」再度打起交道。結果，嘿，我發現，無料果然是王道。

（附記）

上文首見二〇一〇年十月二十六日《聯合報》副刊。作文的本意不太清高。因為同年三月發表的雜文沒有收到稿費，問了報紙副刊多次未果，就寫了這個催討稿費的遊戲之作。台灣的稿費大概是我去國三十年以來所知「通縮」最厲害的，以前一筆稿酬能請幾個朋友吃頓牛排，現在只能吃幾碗牛肉麵還不許點小菜，可是故人情深，戔戔之數無論該與不該，都不能計較。既然決定重回文藝界，就要把在企業界裡訓練出來的一是一、二是二的習性徹底糾正。既然由洋返華，更要時刻記住多講情少講理。更何況雜文確實不是我的菜，寫時的痛快往往不敵發表後的懊惱，還是專心去寫我的小說吧。

算不算張迷

老有人問我寫作是不是受了張愛玲的影響？我想這事得我自己說了算。

至少在一九七四年我寫第一篇正式發表的小說〈隨緣〉（民國六十四年《幼獅文藝》和《短篇小說選》）之前，我確實沒聽過張愛玲的大名。

我從小喜歡寫故事，處女作發表在小四那年的《西門兒童文選》上。故事純粹瞎編，題材選擇可能跟看多了當時天天像莒光日一樣主題正確的老三台連續劇有關；那個小說寫一個叫「育安」的虛構表哥投筆從戎，為國捐軀，表妹既感傷心，又分享光榮。我媽看了以後硬套上我家的一個遠親，可是那位老表哥一臉疙疙瘩瘩，不帥不酷年紀又大，是個小心謹慎的公務員；十歲小童寫的時候絕對沒有想起他。可是我媽不由分說，根本不理作者的解釋，非說：啊，曉雲就是有個傳家表哥才寫的這篇文章。

第二篇小說是我初一參加作文比賽，那次自由命題，我寫了〈哥哥的婚禮〉，得了第一名。內容不大記得了，可是有人物、對白、情節，而且不是報導文學，算是我第一篇完整的小說。發表在古亭女中的布告欄裡。

高中以後到作品正式散見報刊雜誌之前，我寫的故事就在教室裡傳給同學看。我記得有一陣子我在筆記紙上寫章回愛情小說連載，寫好一張，也不管老師上面在上什麼課，就在講台下面偷偷遞出去給膽子大敢接招的同學讀。每張筆記紙最後一句都是「欲知後事如何，且聽下回分解」。

張愛玲的大名是在首次造訪朱西甯先生家時才聽說，當時朱老師問我有沒有受到張愛玲的影響，我一口說沒有，自忖未聞其名，更沒看過她的作品。等到好友瑞琦買齊了她當時所有出版的作品並且推薦給我看後，我才發現自己在我媽訂的《皇冠》雜誌上讀過連載的〈半生緣〉，也看過她的劇本或是電影《多少恨》。看的時候年紀太小，感覺無論小說或電影都很不對胃口，記得是一面看，一面罵，因為書中或電影中的幾個主角誤會來誤會去，心眼忒小不說，運氣也差得令我生氣。

可是瑞琦那裡借來的《傳奇》和《流言》卻讓我佩服不已，覺得張愛玲的文字迷人極了，像我們這樣天天說大白話的後生晚輩不夠望其項背。後來夏志清先生、朱西甯先生把拙作拿去和她的文章相提並論，我覺得是莫大榮幸。不過也有人賴我是東施效顰，那就不太公允。我常常想，如果有人說我偷師金庸，那我可能還不能喊冤喊得這麼大聲，因為我畢竟是看人家的武俠小說長大的。可是金庸先生又看了誰的書呢？真正的祖師爺不就是那些時間無法淘汰，代代流傳下來的中國古典名著嗎？

幾年前我剛到上海時住在南京路的酒店公寓裡，最近的超市在久光百貨公司地下室。我每次去都要經過一個老公寓，上面有塊銅牌寫著「常德公寓」。我覺得這個名字很眼熟，卻想不起哪裡見過。過了一陣子看見那塊牌子下面加了一塊牌子，註明是張愛玲的故居。我在電話裡告訴瑞琦，教她快來上海玩，我住的地方離張愛玲故居就是幾步路的事。後來我搬家了，她才來找我。沒看見就不上心，我當時連「屋裡厢」那種新天地的洋盤景點都介紹到了，可咱們兩個都忘了上海還有這個如果真是張迷就該去造訪的重要地標。

去年我和台灣兩個死黨在上海碰頭。三人在一頓吃得又太飽的晚飯後漫步南京路。瑞琦只要看見有關張愛玲的書，也不管是誰寫的都買，算我心目中合格的「張迷」。我就跟她說凡是張迷都得去常德公寓一訪，那裡樓下開了間咖啡館，專供張迷去瞻仰時有個地方坐坐，我們可以去喝杯咖啡。當時天上下著小雨，我們站在馬路這頭望著對街的常德公寓，等一個很久不變的紅綠燈變色，瑞琦忽然說：好了，不要過馬路了，既然都飽得不想喝咖啡，我們還是再去血拚一下好了。

「什麼！到了這裡都不過去？」身為地主的我大叫起來，「如果不過馬路，以後妳就別跟我說妳是張迷！」

「我什麼時候說過我是張迷？」瑞琦抗議道，「我不過買了她的書和關於她的研究，我看完就忘，離張迷差得遠了。大概就跟妳比起來比較迷而已吧。」

拆燴魚頭

第一次吃拆燴鰱魚頭是幾年前由美食家朋友報料，我盡地主之誼，請他們賢伉儷在上海南伶酒家開的洋葷。

拆燴鰱魚頭端上來白白一大砂鍋，說老實話，賣相不如同列「揚州三頭」的獅子頭，氣勢不如「扒燒整豬頭」，要不是書上讀過這道菜，美食家朋友又邊吃邊讚，我的味蕾遲鈍，結論只是確實功夫菜，卻沒能吃得我終生難忘。後來再去那家店，也沒想再點一次。

這麼巧，在台灣又和旅居美國的美食家夫婦相遇。他聽說揚州的冶春茶社開了台北分店，就相約了去吃干絲和三丁包等等冶春茶社本店的知名小吃。點了各樣有名小菜後，忽然驚見菜單上有「拆燴鰱魚頭」，定價台幣一千二百。朋友興奮莫名，可是我們已經點了很多菜，就相約下週原班人馬專程來吃拆燴鰱魚頭。還隆而重之請經理過來，把當天點的菜品評一番，預告過幾天來吃這道揚州名饌。

等到吃魚頭正日那天，先就以為拆燴鰱魚頭必是一大砂鍋，還特意少點了其他。結果單子下去了廚房，服務生回來再問：不是點紅燒魚頭？是點拆燴鰱魚頭？

美食家朋友確認點單，可是事後諸葛亮卻說他當時就感覺有不祥之兆；哪有廚房裡沒有原因會這樣問？他事後懊惱那時就該想到店家是故意把定價提高到紅燒魚頭的倍數，卻不料想真有洋盤客點，只好送服務生回來確認，一定是廚子不想有人點這道菜。偏偏這桌客人不接受暗示，非吃不可。

魚頭端上桌時，除了沒有吃過那道菜的一位，在座眾人統統傻眼。除了是鰱魚，其他都不對，連尺寸都縮水，居然台幣一千二百只來了半個魚頭。美食家大怒，喝令大家不許動筷子，自己拿起一支筷子數落盤中配料，罵道：「欺負客人沒有吃過嗎？這是紅燒鰱魚頭吧！你看，哪有拆燴鰱魚頭半盤都是火腿片、香菇和青菜？請經理過來！」

經理看起來很年輕，立刻承認自己雖然做了二十多年的淮揚菜系餐館業，卻對揚州菜認識有限，不敢妄斷這道菜做得道地不道地。馬上就請了大師傅過來為客人釋疑。

大師傅果然有揚州口音。乖乖隆地冬，一開口就把客人的話堵死：「揚州的拆燴鰱魚頭就是這樣，一般有兩種做法：白的和紅的。」

可美食家是誰呀，怎麼會被忽悠到？立刻說：「揚州菜是因為鹽幫的老闆有了錢，講究吃，才興起的。一百多年來的拆燴鰱魚頭都是白的，你非要弄個新派做法，燒成紅的我沒話說，可是你們菜單上就該註明是紅的，新派做法，否則不是坍你們揚州冶春茶社的台嗎？」

大師傅不服氣，還喋喋不休的解釋，說是在揚州現在都是燒成「紅的」居多。美食家說你會燒拆燴鰱魚頭嗎？大師傅受激不過，就如數家珍地背起拆燴鰱魚頭的傳統做法，如何要有把魚頭去骨的手上功夫，大的魚骨又要用小布袋裝好，熬出白湯，再小火煮讓魚肉不散，最後清勾芡，盛砂鍋。美食家正在這兒等著他呢，就說：所以你知道真正的拆燴鰱魚頭怎麼做，只是嫌麻煩不做，拿出半個紅燒魚頭欺客！

大師傅還待分說，一口台灣國語的經理把他輕輕推走，回頭來叫美食家：「爺爺！我尊敬您，喊您一聲爺爺。今天我跟您學了很多，長了知識，這頓單我買了。」

美食家當然堅決不受，他要的是個說法，怎麼會讓經理買單？太太在旁邊勸他和解，說：「人家連『爺爺』都喊了，您就算了吧！」

我想起自己在內地管理公司的經驗，就說：「這要真在揚州，他還非要告訴你現在的拆燴鰱魚頭都是紅燒的，是我們落伍不會吃，沒趕上潮流呢。既然碰到位經理願意聽客人意見，跟客人學習，又說了他買單，這張單就銷掉了，我們想付也付不了了。」我說著就把魚唇給舀了。一面吃，一面評論道：「如果是免單的紅燒半魚頭，其實味道也不錯。」

另外一位小老弟已經餓壞了，也就不顧「爺爺」禁令，叫了一碗白飯來配。最有原則的美食家堅持不吃，就用個三丁包把他打飽了。

原來在台北吃霸王餐也能體會兩岸文化的大不同。是為記。

INK PUBLISHING

文學叢書 332

啞謎道場之香夢長圓

作　　者　蔣曉雲
總 編 輯　初安民
責任編輯　孫家琦　施淑清
美術編輯　黃昶憲
校　　對　孫家琦　蔣曉雲

發 行 人　張書銘
出　　版　INK 印刻文學生活雜誌出版有限公司
新北市中和區中正路800號13樓之3
電話：02-22281626
傳真：02-22281598
e-mail：ink.book@msa.hinet.net
網　　址　舒讀網http：//www.sudu.cc

法律顧問　漢廷法律事務所
劉大正律師
總 代 理　成陽出版股份有限公司
電話：03-3589000（代表號）
傳真：03-3556521
郵政劃撥　19000691　成陽出版股份有限公司
印　　刷　海王印刷事業股份有限公司

港澳總經銷　泛華發行代理有限公司
地　　址　香港筲箕灣東旺道3號星島新聞集團大廈3樓
電　　話　(852) 2798 2220
傳　　真　(852) 2796 5471
網　　址　www.gccd.com.hk

出版日期　2012年9月　初版
ISBN　978-986-5933-37-1

定　價　260元（平裝）

Copyright © 2012 by Chiang Hsiao Yun
Published by INK Literary Monthly Publishing Co., Ltd.
All Rights Reserved
Printed in Taiwan

國家圖書館出版品預行編目資料

啞謎道場之香夢長圓／蔣曉雲 著；
--初版, --新北市中和區：INK印刻文學，
2012.09　面；　公分.（文學叢書；332）
ISBN　978-986-5933-37-1（平裝）
855　　101017503

版權所有・翻印必究
本書如有破損、缺頁或裝訂錯誤，請寄回本社更換